JN245994

田村セツコの私らしく生きるコツ

楽しくないのは自分のセイ

田村セツコ

WAVE出版

はじめに

「楽しくないのは
自分のセイ」

「ハ〜イ・・・
わっかりました」

そうなのですね

SETSUKO TAMURA

誰のせいでもない
まゆりのせいでもない。
ハ～イ。
そう思えたら なんだか
胸がスーッとしてきました！
自分で工夫して
楽しく暮らせたら
うれしいですよね!!

巻頭特集

87歳になった、今の私

今回、合本するにあたって原稿を読んでいると、2013年の私も、2025年の私も変わっていなくて本当にびっくり！ 内容がまったく古くないの。

87歳のお誕生日祝いの花束と一緒に。

自分の本ってなんだか恥ずかしくて、普段はあまり読み返さないのだけど、素敵な機会に恵まれました。過去の私に励まされちゃったんだもの。

だからこうやって、また新しい形でみなさんに読んでもらえるのがすごく嬉しいんです。

いっぱい写真を撮られてたら、照れてきてしまいました（笑）

私は一人暮らしだからメモが話し相手。いつも書いては冷蔵庫などに貼っています。たまに何を書いたか忘れてしまうこともあるのだけど、今日ふと「タイトル、何にしようかしら」と考えながらメモを見てみたら、最新のメモに〝楽しくないのは、自分のセイ〟って書かれていて。これだ！　と思いました。

おばあさんがアップルちゃんに優しく伝えているような装画と相まって、すてきでしょ？

はい、できました！　赤いネイル、かわいいでしょ？

タイトルのメモ、きれいに書き直すわね。

楽しくおしゃべり。昔、星の王子さまミュージアムで買ったお人形は、安全ピンでブラウスに留めています。

今日のお洋服はこんな感じ。やっぱりエプロンは欠かせません。

原宿の路上にて。ほら、この紙ゴミなんてまるでレースみたいでしょ。

私は昔から古着が大好き！古着を自分流にアレンジするのが楽しいの。お料理でも何でもね。

昔、銀行に勤めていたとき、昼休憩中にふと屋上から街を眺めていると、おじさんがゴミを拾っていたんです。なんだかその姿が自由でいいなあとずっと頭に残っていて、いつからか落ちているゴミを拾って、コラージュ作品を作るようになりました。

コラージュ作品

スカートのように見えるマスクなど、意識してみると、街は素敵な素材になるゴミの宝庫なんです。

最近、知り合いの黒猫・にゃん太郎を預かっています。ブラッシングが大好きだから、毛並みがツヤツヤ。私はいつも「にゃん太」って呼んでいます。

知らない人は苦手で、とっても大人しいけれど、棚の上から寝ている私のお腹に向かってジャンプしてくるお転婆さんなところも愛おしい。最近は、にゃん太のおかげで、毎日とてもイキイキしています。

編集の人の足に体としっぽをスリスリ。珍しく懐いています。

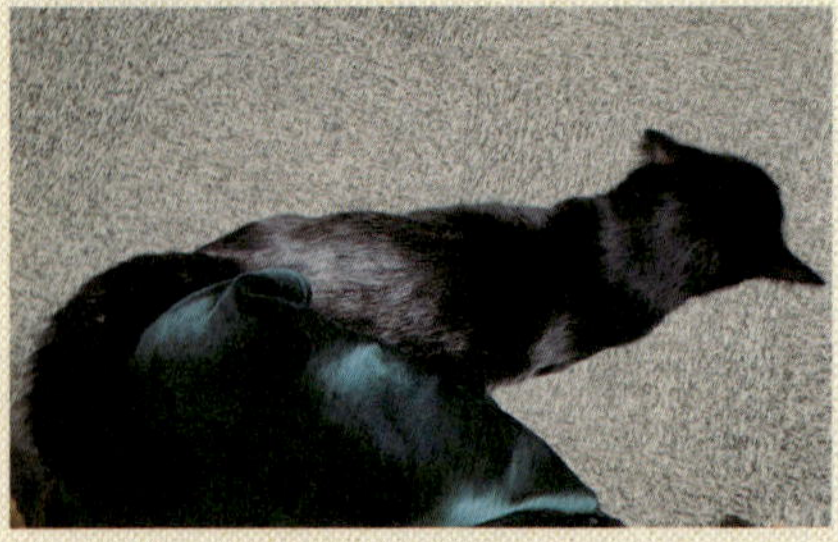

作品をじっと見ているにゃん太。

演奏中のお友だち。とってもお上手なんです。

今日は、同じアパートに住むお友だちが、私ともう一人のお友だちのためにご自宅で〝バースデーミニコンサート〟を開いてくれました！

エピソードを交えながら、雪や月にまつわる曲やモーツァルトが子どもの頃に作った曲をピアノで演奏してくださって。最後には、別のお友だちも一緒にバイオリンを弾いてくださり、しあわせなひと時でした。

これからも、すてきなお友だちに囲まれながら楽しく過ごしていきたいですね。

素敵な演奏にうっとり。

目次

第1章 おしゃれで気分を晴れやかに

第2章

挑戦はいくつになったって

第3章

健康は、毎日少しずつ築くもの

第4章 幸せな日々を過ごす秘訣

第5章 海外旅行と映画

第6章 介護に捧げた6年間

第7章

私の仕事

※本書は、2013年に発刊した『すてきなおばあさんのスタイルブック』『おちゃめな老後』（ともに田村セツコ著／WAVE出版）を合本し、加筆修正を加えたものです。

第1章

おしゃれで気分を晴れやかに

私らしく自由に

今や〝カワイイ文化〟の発信地として世界の注目を浴びる原宿。そんな原宿界隈に、私はもう50年以上暮らしています。

ある日の私のコーディネート。取材を受ける日だったので、はりきっておしゃれしました。イメージは〝おばあさんの妖精〟ってところかしら。白のパフスリーブのブラウスに、黒のベスト、白黒チェックのスカートにはシフォンのエプロンをつけて。大きな水玉模様のリボンのついた帽子には、三つ編みにしたエクステを安全ピンで留めてみました。

妖精効果か、通りがかりの海外の観光客に「エクスキューズ・ミー?」と声をかけられて一緒に記念写真を撮りました。

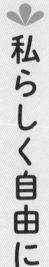

ストリートスナップっていうのかしら、ロリータファッションの雑誌に載ったこともあります。

原宿のいいところは、どんな格好をしていても平気で歩けるところ。あるとき、いただいたギザギザの布だらけのコム・デ・ギャルソンのスカートをはいていたら、若い男の子がじっと見てきます。「ちょっと派手かしら？」って話しかけたら、「いや、イケてますよ」とにっこりしてくれました。またあるとき、右足は黄色、左足は緑色みたいにソックスの左右の色を変えてはいていたら、若い子が「わあ、カッコいい！」って言ってくれたり。

若い子のおしゃれをそのまま真似はしないけれど、一生懸命工夫をして自分なりの着こなしをしようとがんばっている子を見ると、つい応援したくなります。

ファッションって、自分そのものを表現するもの。誰かが考えトレンドに合わせたり、無難なものばかりを着ていては、やっぱりつまらない。どこかに自分の〝色〟が出ていなきゃ。

自分を表現することは、初めはドキドキして、ちょっぴり怖いかもしれません。私だって経験あります、おばあさんがこんなファッションしているのだもの。「エッ」って怪訝な顔をされたり、視線がどこかよそよそしかったり。そんな冷たいあしらいをされることも時にはあります。

あるとき、ほうれい線くっきりの顔にちょうちん袖のブラウスを着ていた私を見て、「?・?・?」という顔をしてじろじろ見て、ぷいっと横を向いた人もいましたっけ。疲れていた日だったこともあって、そのときはやっぱり私も傷つきました。

でも、この冷ややかな目にむしろ学ぼうと思って、家に帰ってから、シンプルなシャツにコム・デ・ギャルソンのような個性的なパンツを合わせたスタイル画を描いて、玄関に貼りました。「あの冷たい視線に学んで、もっと研究しよう！」と思って。

いつも、「人の目は気にせず、おしゃれは自由に」と思って生きているけれど、他人の批評の目というのはやっぱり無視できません。おしゃれも、「いい気になりすぎない」ということが大事なのね。

原宿を歩いていると、私よりもっとすごいヘアスタイルをしている若者とか、全身ロリータファッションで決めた女の子たちもいっぱいいますが、きっと彼らも世間の激しい批評の目と闘いながら暮らしているんだろうな、と思うと、なんだか年の離れた〝同志〟のような気がして勇気づけられます。

それに、やっぱり自分が満たされていて幸福な人は、意地悪な目で人をじろじろ見たりはしないと思うのね。だから、そういう視線にぶつかってしまったときには、「そんな目で人を見るなんて、よほどあなたは不幸でおつらいんでしょうね」なんて心の中でつぶやいたりしています。

私はやっぱり、おばあさんになった今だからこそ、本当に私らしいおしゃれをしたい、楽しみたいって思います。誰かにとっての無難な服ではなく、本当に私らしい服、心地よい服。自分の中のイカした理想のおばあさん像を体現すべく、これからも果敢にいろいろなおしゃれにチャレンジするつもりです。

実は、ボーイッシュな、そう、ギャルソン気分な服が今、一番着たいんです。白いシャツにネクタイ。たっぷりサイズの上着で。

あら
バアバって
だれのことかしら？

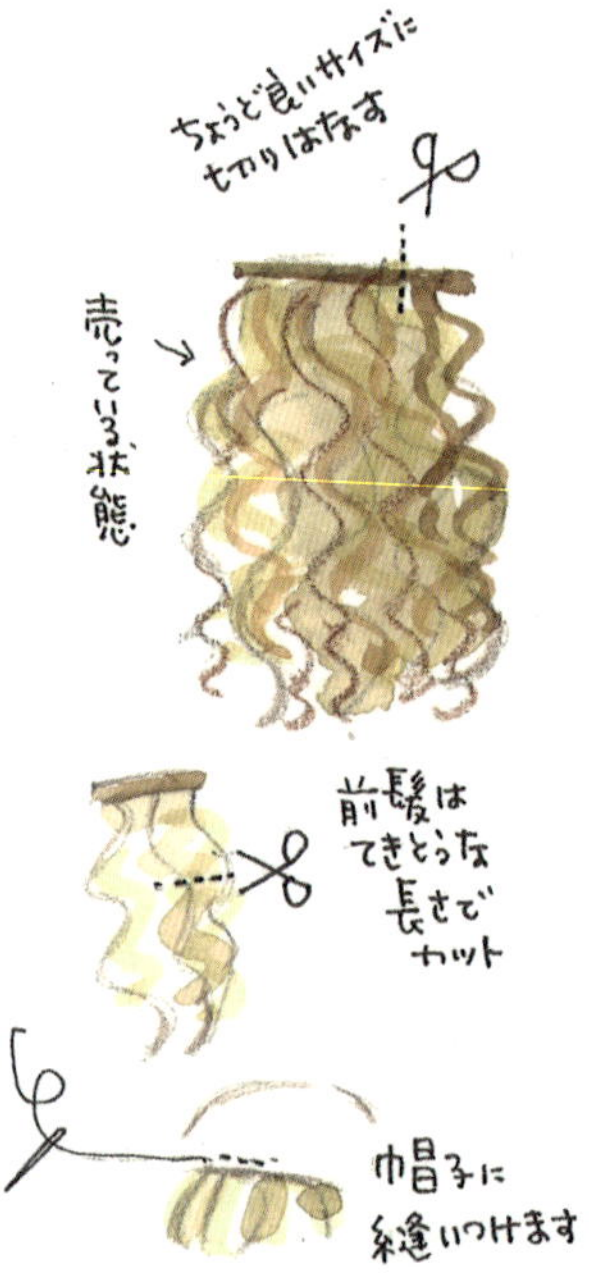

エクステのつけ方

♡ かつらの丸ごとをかぶるのではなく
部分的に、つけ毛を利用するのは
なかなかお手がるで楽しいです。
毛糸の帽子やベレエなどに
気楽にとりつけてエンジョイして下さいね。

♡ はっきり申し上げて
おばあさんになったら
何をやってもOK! 何をやっても似合う! こわいものなし

みなさまに
若くなった
若くなったって
大評判なのが
いくらか
テレくさいのですが
自分でも正直
おどろいています。

心躍るヘアスタイル

ロマンチックな
ロングの
みつあみ。
ちょっと
魔法使い
みたい…？
ブラッシングを
してると
たしかに
浮世ばなれした
気分になります。
でもわたしの
大切な宝ものです…

いたずらっ子のような
ベリーショート
とにかく
軽くて軽くて
シャンプーもらく。
カットには
こまめに行かないと。
でもそれがまた
気分転換に
goodです。
まっすぐな
おかっぱです。
おとなの
おかっぱって
上品で
とても
しゃれてると
好評
です。
女学校時代みたいに
ピン留めで
よこ分けにしてます。
なんかみょうに
勉強がしたくなるんですよ。

お気に入りを身にまとって

私にとって、おしゃれは元気になる魔法です。
だから、誰かと会ったり出かけたりする予定がない日も、朝起きたら身支度をします。ファンデーションを薄めに塗って、眉毛を描いて、髪を整えたら、気持ちがシャキッとしてくるんです。

「今日はこのエプロンがいいかしら。お気に入りの服にぴったりね！」と、お気に入りしかないワードローブの中から今日の気分にぴったりな服を選んでいるだけで、心が踊ります。

人は、日々自分の年齢を気にしながら生きてはいないでしょう？　だから、

〝今日私が着たい服〟を着るのが素敵なことだと思うんです。もちろん、年を重ねるごとにシミやしわは増えてくるけれど、おしゃれはいつだって私に元気を与えてくれます。

少々くたびれていたって、クローゼットを開ければ、いつだってお気に入りの洋服たちが出迎えてくれるんですから。

今日一日を一緒に過ごす服を選んだら、最後は鏡をチェック。「今日も素敵なコーディネートだわ」と、鏡の中の自分を見ていると、なんだかお出かけしたい気分になってきます。

そうやって、おしゃれはいつだって私を勇気づけてくれます。その秘訣は、お気に入りの服や小物、イメージを大事にすること。そうすると、クローゼットの中から

「今日は私と一緒に過ごさない?」

「こんな素敵な天気の日は、ぜひ着てもらいたいわ」

と、服たちが話しかけてくれるんです。


高級ブランド品でなくたって、自分のお気に入りを集めれば、いくつになってもおしゃれを楽しめます。

大事な相棒

子どもの頃は、着物の上に割烹着を着ている女の人をよく見かけました。割烹着を着て、料理に洗濯にぞうきんがけと、きびきびと働く姿はとてもかっこよく見えたものです。邪魔になる袖もすっぽり納まるので、とても機能的な仕事着ですよね。

幼少期に割烹着への憧れのような気持ちを抱いたからか、私はエプロンが大好きです。以前は、フリフリのレースのエプロンが好きだったけれど、最近はシンプルで面白いものに心を惹かれます。お値段がお手頃だったら、なお嬉しい。

愛用のエプロンはいろいろあるけれど、その中でもお気に入りなのは酒屋さんふうのデザインのもの。酒屋さんがよくつけている、厚手の木綿生地に丈夫な紐がついたものを2000円くらいで買いました。

そのエプロンをつけて玄関先をほうきで掃いていると、宅配便のお兄さんが「かっこいいですね！」と声をかけてくれたこともあります。

エプロンは私にとって、元気の源。エプロンをつけるだけで、なんだか元気が湧いてきて、料理も洗濯も掃除もイラストの仕事もスイスイ進むんです。私の暮らしを支えてくれる大事な相棒ですね。

もちろん、エプロンはおしゃれとしても活躍してくれます。自宅近くのカフェで仕事の打ち合わせをするときも、いつものお出かけにも馴染む愛らしさが手放せない理由です。

お出かけの必需品

エプロン

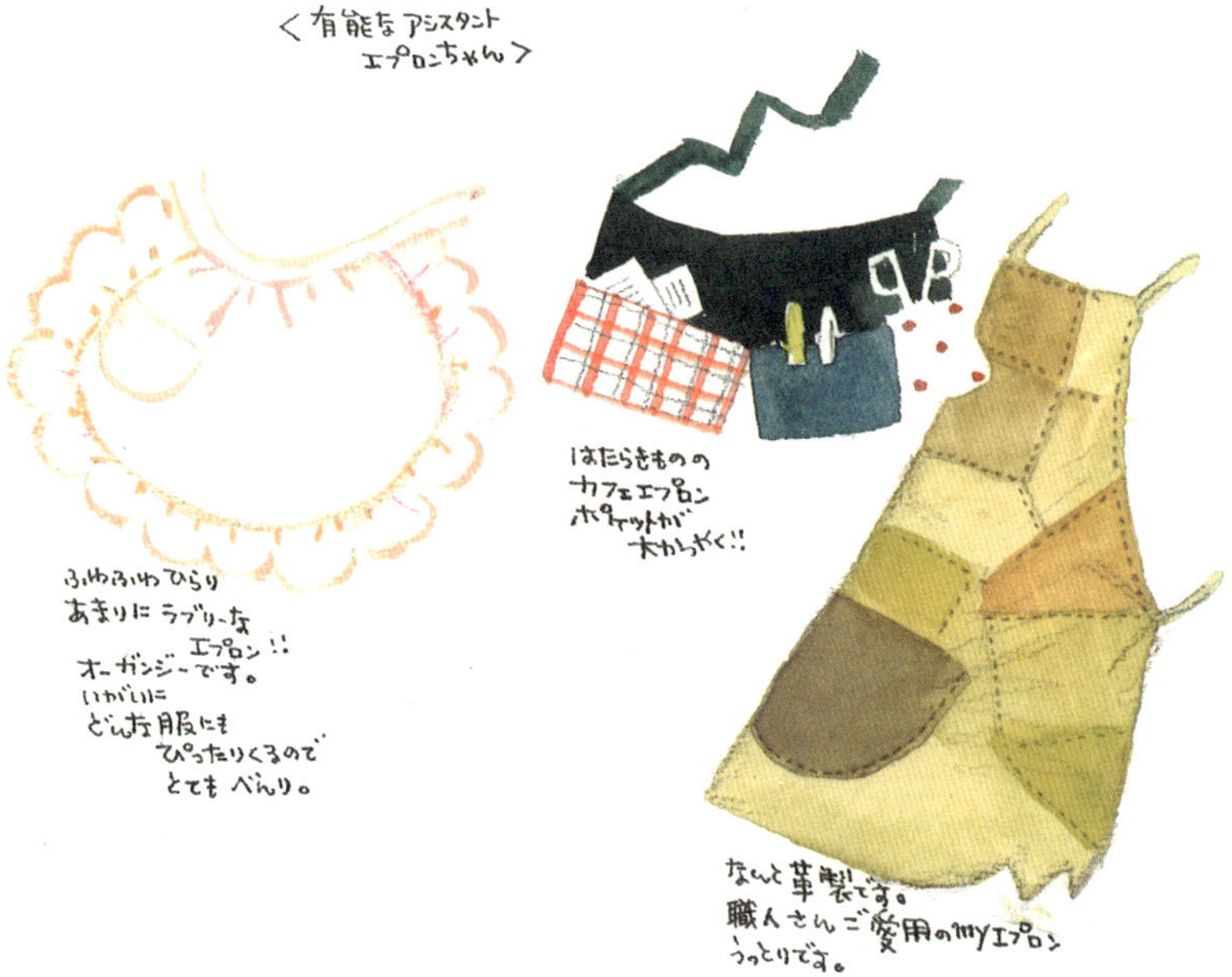

< 有能なアシスタント エプロンちゃん >
ふわふわひらり あまりにラブリーなエプロン!! オーガンジーです。いがいにどんな服にもぴったりくるのでとてもべんり。
はたらきものの カフェエプロン ポケットが 大かつやく!!
なんと革製です。職人さんご愛用のmyエプロン うっとりです。

ベレー帽

ななめにかぶって
ミステリアスに

深くかぶって
さっそうと

手作りバッグ

黒い皮の
ウエストポーチに
黄色いおめめをつけて
♡黒猫ドリーをつくりましたかしら

妖精のように
あちこち
とびまわり
大かつやくしてくれる
ボタンやビーズ!!
ジャムの空びんに
キープしています

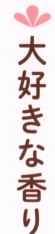

大好きな香り

ある日、とってもおしゃれな人とすれ違いました。その人が横を通り過ぎたとき、風の中にかすかに、本当にかすかに美しい香りが漂いました。お花なのか、フルーツなのかはわからないけれど〝憧れの香り〟とでも呼びたいような、なんともすてきないい香りでした。

中学のとき、美術の先生の奥さまが手にケガをされてお手伝いを頼まれました。うれしくてうれしくて召し使いになりきって楽しんだ春休み。先生の奥さまから「お礼に何か差し上げたいの」と言われましたが、私は「いいえ、とんでもない」と、しばらくもじもじ。その様子を見た奥さまの「どうぞ遠慮なく。欲しいものを言ってね」という言葉に私は思わず、「では香水を……」と答えました。香水が高価なものとは知らず……。

奥さまがくださったジャスミンの香水瓶はとても小さくて、セーラー服の胸のポケットに入れて手で触って確認しました。

若い頃から香水が大好きで、ずっと〝自分の香り〟を探し求めてきました。そうして見つけたのが、シャネルの19番という香水。甘さが控えめで、さわやかで、でもシャネルらしい華やかさがあるのがとても気に入っています。ふだんは全然ブランド志向ではない私だけれど、これだけは別。海外旅行で免税店に行ったときには、必ず買って帰ります。「さすが、シャネル！」と思ってしまう、大好きな香水なのです。

香りは、人の五感にダイレクトに訴えかけてくるもの。落ち込んだときも、うれしいときも、その時々の気分に合わせて自分で工夫して香りを選ぶと、心が自由に軽やかになるような気がします。おしゃれの仕上げとしても、私にとって香りは欠かせないアイテムです。

またお高いオーデコロンや香水をあせって買わなくても、案外身近なところにすてきな香りはいっぱいあります。オレンジやレモンの皮、お庭のミント……。日常の中で、「あ、これすてき!」と思ったものを少しずつ自分の中にサンプリング。そうすると、だんだん自分の好みがわかってきて、いつかあなたにぴったりの〝自分の香り〟に出合ったとき、すぐにわかるはずです。

気分が上がる小道具

蝶ネクタイとベスト

ステッキ

フィンガーレス手袋

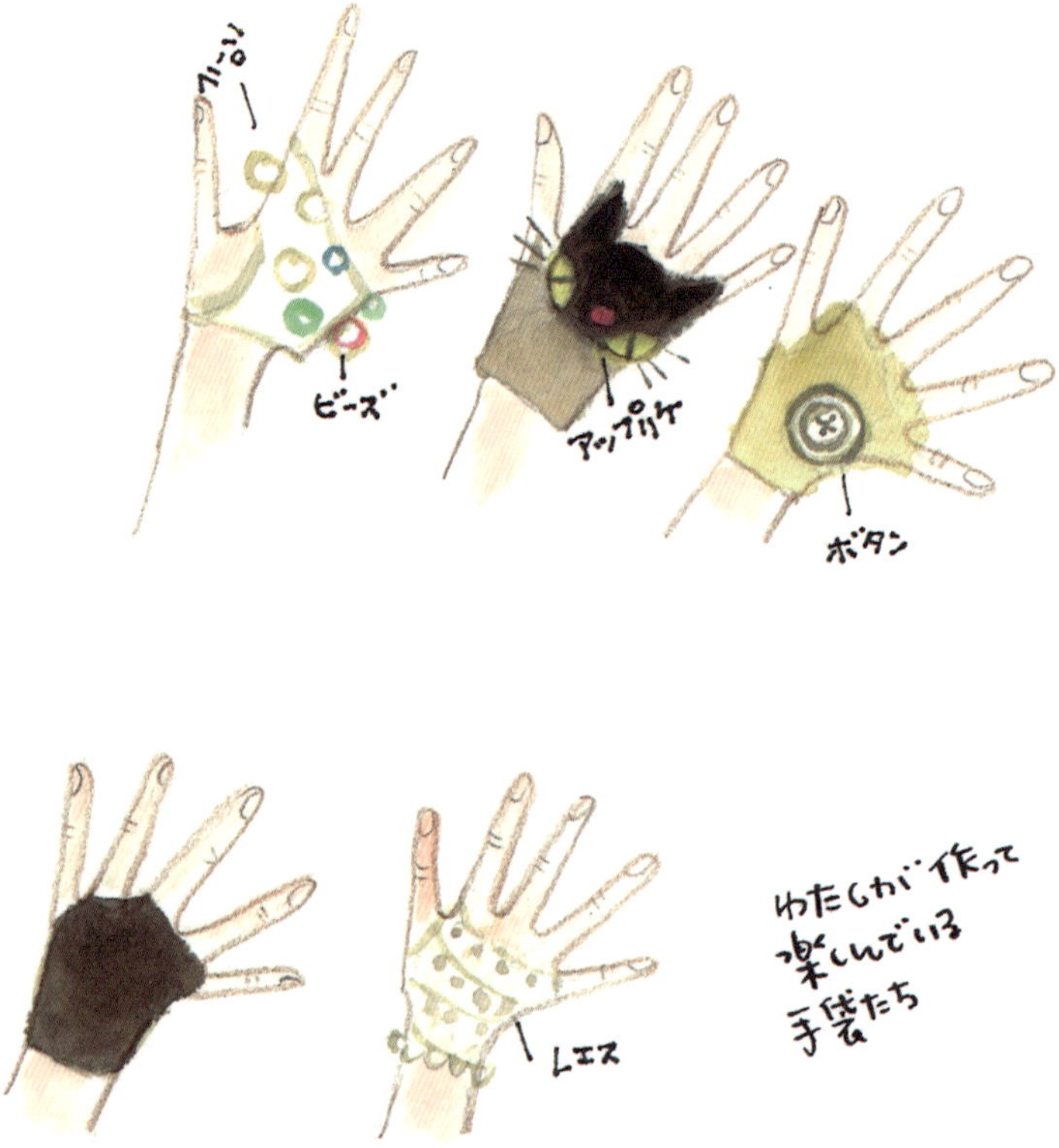

つけえり

黒のビロードです
ピーターパンに
なったみたいな
気分ですぬ

くちなしの
花びらのような…
シックで
ドレッシーなえり。
お顔が
パッと
明るくなります。

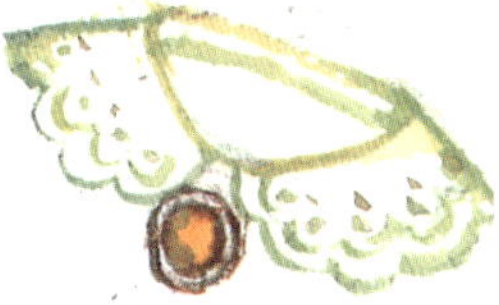

レエスのえりは
おばあさんにじつに
よくお似合い

小公子みたいな
はなやかで
品格のあるデザイン

ひとつの服が
みるみるうちに
いろいろ表情をかえて
大変身する
のがうれしいです

小物はアレンジして楽しむ

お茶目な
イヤリングを
片方だけ
パールや
ビーズを
スーパーボンドのりで
じつはメモをかきこみがいっぱい。しかも丸が好きです!!
単語カードに
メモかきまくり。

Pululu
きれい好きフェアリー
プルルちゃん
だ〜い好きな
おそうじのあと
さわやかなフルーツの香りを
お口から プルル〜〜ッと
ふりまくのョ♪
SETSUKO TAMURA

第2章

挑戦はいくつになったって

無類の学び好き

昔から、これさえあれば天国だと思っていたほどの学校好きです。自分の知らなかった新しい世界に触れたり、教わったりするのが大好き。

学校から帰ってきて、母に「どうだった?」と尋ねられると、「おもしろかった!!」って、いつも答える子どもだったそうです。

勉強だけでなく、椅子に座っていると、いろいろな先生が次から次と現れて個性あふれる表情と癖をご披露してくれるので、友だちと目配せしたり、クスクス笑いをこらえたり、まるでお芝居を見に行っているみたい!

小学生のときには、2学期が始まると一人だけ大荷物で登校していました。夏休みの間にやった、たくさんの課題を提出するからです。紙芝居を作ったり、空き箱で工作したり、詩を書いたり、文集を作ったり……。「夏休みにはいろんな課題をやらなければならない」と勝手にそう思っていて、自主的に先生に提出していました。『夾竹桃《きょうちくとう》の影で』なんてタイトルをつけた悲しい少女小説を書いて、自分で感動して泣いたりして。妹たちには「お姉ちゃん、いったい何をやってるのかしら？」とよく笑われていました。

風邪をひいて、校外学習を休まなければならない妹に代わって、ちゃっかり代理で出席して「あなた誰ですか？」と言われたこともありました。学校が好きで好きでたまらない、無類の学校好きの子どもでした。

「女性は勉強好きな人が多いです」とカルチャースクールの方が言います。おばあさんは特に勉強家が多いような気がします。

そんな学校好きが高じて、荒井良二さんの講座、『荒井良二・ぼくの絵本塾』に通い始めたのは、１９９９年、61歳のときでした。荒井さんの絵本『スースーとネルネル』（偕成社・1996年）の大ファンだったので、新しく絵本塾が始まるのを知って、電話で「あの、年齢制限は？」「ございません」「お願いします!!」ともう即決で通うことを決めました。

まわりはもちろん若い人たちばかりだし、私は、まあ言ってみれば荒井さんと同業者なわけだけど。私がはりきって生徒として通っているのを見て、先生も内心びっくりなさったそうです。

でもね、「もう60過ぎだから」とか、「今さら年下の同業者に教えてもらうなんて恥ずかしい」とか、私はまるっきり思わなかったの。創作絵本は、本格的に勉強したことのないジャンルだったし、荒井さんの作品が大好きだったので、絵本塾が開講されると知って、あ、チャンス！　と思ったんです。

この講座では、本当に大切なことをたくさん教えていただきました。

たとえば、「アートって自由なんだ」ということ。空は青、とか、花は赤、とか、そういう固定観念や思い込みをいったん全部なくして、頭と心をやわらかくときほぐしてみること。そして、「頭で考える暇に手を動かせ」ということ。「手を動かせ」「手を動かせ」「頭より先に」。これは私に有効なおまじない。あまりにも「手を先に、手を先に」と喜んでいたら、先生は「田村さん。ちょっとは考えてね」と心配になったみたいです（笑）。

いくつになっても、新しく学べることはたくさんあります。心のアンテナをピカピカに。ピンと来たら、ぜひ飛び込んでみてください。

きっと、想像もしていなかった新しい世界が、あなたを待っていますよ。

尻込みしてはもったいない

若い頃、『あしながおじさん』の挿絵を描かせていただいたことがあるんですが、多少経験を積んだ今、改めてその絵を見ると、「本当に下手だなあ」と思います。真夏の暑いさなかに、締め切りに合わせてとても無理をして描いたのは、苦い思い出です。

それに、苦手なペン画で描いているせいもあって、線がガチガチなの。当時、「『名作にこの絵は合わない』というお手紙が読者から来ました」と言われたときは、ひどく落ち込んだものです。

でも、ずいぶん後になってあるパーティーに参加したときのこと。お役所勤めのおかたい紳士の方がいらっしゃって、「今日は出席者の中にお名前があったので……実は『あしながおじさん』の挿絵が大好きで！」と、思いがけずお褒めの言葉をいただいたときは、本当にびっくりしました。私としては、あれは未熟な仕事で、自分にとってはウィークポイントだと思っていたから。

また別の日、出版社の方たちと、会合がある神楽坂までタクシーに乗ったときのこと。女性のタクシードライバーの方がバックミラーを見ながら、「『あしながおじさん』の絵が好きで、あのストライプのブラウスを真似して作りました」となつかしそうにお話ししてくださったんです。信じられない気持ちでした。

絵って、単純に上手い下手だけでは判断できないんだな、そういう巧拙を超えることもあるんだ、って思いました。

それと同時に、名作の挿絵を描くという憧れの仕事を前に、緊張しながらペンを握りしめ、一生懸命心を込めて描いていた若き日の自分を、そっとなぐさめてあげたいような気持ちになりました。

他のいろいろなことも、それと同じだなと最近思うんです。上手・下手、得手・不得手というのは誰にでもある。でも、人が判断する基準や感じ取るものって、それだけじゃないんですよね。完璧でなくても、多少不格好でも、ひたむきに取り組んだ結果を、案外まわりの人は見てくれています。

だから、「私は不器用だし」「上手じゃないし」なんて尻込みしていては損かも。謙虚であることは大切だけれど、足りない分は真心を込めて、人一倍、ていねいに取り組む。そうすれば、思いがけない人がそれを心に留めておいてくれて、めぐりめぐって、未来の自分にハッピーな気持ちを届けてくれるかもしれません。

すてきな魔法使い

物語の中に〝魔法使いのおばあさん〟というのはたびたび登場するけれど、〝魔法使いのおじいさん〟というのはあんまり聞いたことがありません。おじいさんというのは、魔法使いになるにはちょっと理屈っぽくて、真面目すぎるイメージなのかしら。

一方、おばあさんは発想が自由自在で、ぽーんと理屈を超えたところにいたりします。計り知れない力を秘めた、奥深い知恵の固まりのような人。何でも知っていて、どんなことにも慌てず対処できる魔法を知っている人……子どもの頃から、おばあさんにはそんな魅力があるなあ、と思っていました。

長い年月をかけて、荒れ果てた土地をコツコツと自分の理想の庭に造り変えた有名な絵本作家、ターシャ・テューダーさんもそんなすてきなおばあさんの一人です。

50代半ばから、アメリカ・ヴァーモント州の小さな町のはずれで一人、自給自足の暮らしを始めたターシャ。何でも手作りし、お手製のロングドレスにエプロン姿で鶏や犬、山鳩とともに暮らし、美しい季節の花々を育て続けた彼女のライフスタイルは、日本でも広く紹介され、大きな共感を呼びました。

そんな憧れのターシャの庭を訪ねる旅をしたとき、飛行機で隣の席に乗り合わせたおばあさんが、S子さんでした。

S子さんは、一人で畑を作っている、素朴で愛らしいおばあさん。機内食の食べ方が印象的で、隅から隅まで実に素早く、真面目に残さず食べている横顔。いろいろとお話ししているうちに、すっかり仲良くなって、彼女のひざのマッサージをしてあげたりするくらいになりました。

ターシャの庭を見学していたときに、S子さんは夢を語ってくれました。毎日、一人でお百姓仕事をしていて、山の上に少し土地があるから、そこにバラ園を造りたい。テーブルを置いて、農作業の合間にひと休みをとったり、お弁当を食べたりできるようにして、まわりの人にもそこで休んでもらおうと思っている——。

とつとつと語る彼女の夢を聞いて、私は思わず手をたたいてしまいました。なんて壮大な夢でしょう！　山の上のささやかな憩いの場は、人柄が隅々まで行き届いた、楽園のような場所になるに違いありません。

帰国後。数カ月経ってから、バラ園のことを聞いてみたら、「地べたとの相性があんまりよくなくて、バラ作りはあんまり進展していないんだけれど、がんばっています」とのこと。黙々と、一人で土づくりをしている姿が思い浮かんで、おばあさんというのは、しなやかでたくましく強いものだなあ、としみじみ思いました。機内食の食べ方で感じたとおり、それはいそいそと忙しい〝働き者〟の姿だったのです。

また別のときには、「庭のカリンを漬けました。あなた、お酒好きだったでしょう? お返事はいりませんよ、忙しいのだから」と、シンプルなお手紙とともにお手製のカリン酒が送られてきたこともありました。

本当にたくさくましく暮らしていらっしゃって、実にクリエイティブな生き方を私は心から尊敬しています。

S子さんとのご縁は、ターシャがくれたもう一つの思いがけない贈り物でした。

やはり、おばあさんはただ者じゃありません。田舎でも都会でも、クリエイティブでなければ生きていけないと思いますが、すてきなおばあさんには、なんと言ってもそれがたっぷりとあふれています。

幅と奥行き。やさしくてお人好し。ニコニコしているけれど、底に秘めたものがすごい。潔癖性ではなくて、〝いい塩梅《あんばい》〟。

おばあさんって、やっぱり、すてきな魔法使いだと思いませんか？

孤独を
愛することが
できたら
その人は
金鉱を
手に入れた
ようなもの
なんですって
・・・

理想のおばあさん

少女の頃は「早くおばあさんになりたい」と思うほど、おばあさんになったらあんな格好でこんなことをして……と想像するのが大好きでした。

理想のおばあさん像の一人が、アガサ・クリスティーの小説の主人公〝ミス・マープル〟です。彼女は、編み物が得意で、眠るときはベッドサイドのテーブルにココアを置き、好きな本を読みます。肩には、手編みの淡いピンクのショールを羽織って。その姿は、私の理想そのものでした。

マープルに惹かれるところはそれだけではありません。自立していて、人や物事を冷静に見極める観察力を持ち合わせているんです。お茶会をしていても、感情的になったり、噂話に加わったりせず、穏やかに観察しています。好奇心は、こうやって研ぎ澄まされていくのかしら。

マープルは、物語の中で持ち前の推理力を遺憾なく発揮するおばあさんだけれど、どこか愛らしく、ロンドン郊外の暮らしを心から楽しんでいます。その姿は、やっぱり私の理想そのものです。

私の憧れ

憧れのおばあさん
グランマ・モーゼス

GRANDMA MOSES
(1860~1961)

75才くらいから
絵を描きはじめました。
リウマチだったので
他の仕事より
この仕事をえらびました。

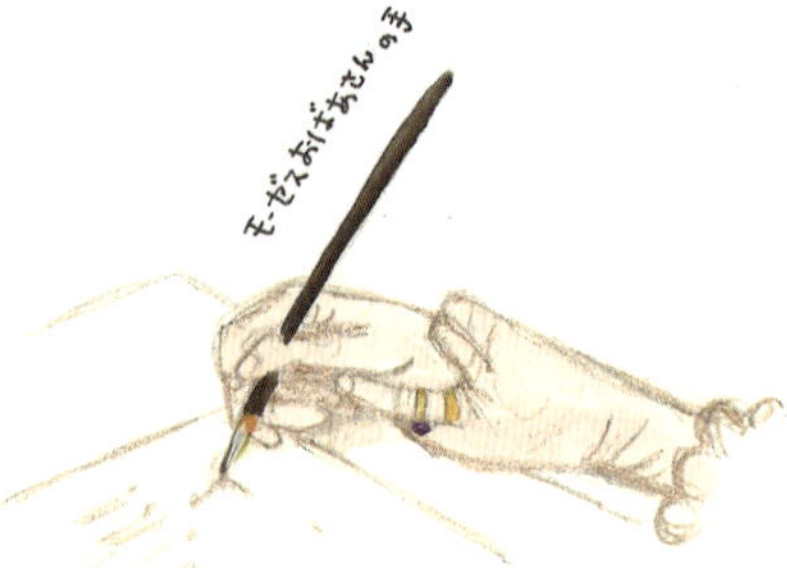

ちょっと
チャップリンイズム？
いいえ
イメージは
英国学者のつもり。
古着の男物を
たのしんでいます。

この服だとふしぎと
つかれないので
どこへでも出かけます。映画館、
図書館、区役所、カルチャースクール
Barにも もちろん まいります。
いつものお・ねがいね。かしこまりました。で、
ハンフリー・ボガードという
カクテルを
いただきます

英国紳士風スタイル

キャサリン

ある日、当時住んでいた郊外のカフェにいると、向こうから長身のすらっとした女性が歩いてきました。花柄のワンピースにパールのネックレスを合わせ、足元はスニーカーというおしゃれな装いの彼女は、少し離れた席に座って新聞を読み始めました。

それ以降、何度か見かけるようになった彼女を私は〝キャサリン〟と名づけました。映画『黄昏』の中で、エセルを演じたキャサリン・ヘプバーンの美しさに通じるものを感じたからです。

カフェで見かけるキャサリンはいつもおしゃれで、シャネルのスーツを着て新聞を読んでいる姿は、パリジェンヌのようでした。

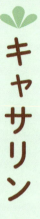

年齢を重ねても華やかでかっこいいその姿は、一見気難しそうに思えたけれど、話してみるととても気さく。若者とも気軽に会話を楽しむ、とても粋な人でした。

そんなキャサリンと私は意気投合し、いつのまにか毎日のようにカフェでお茶をするようになりました。毎回別れるときには、

「本当に楽しゅうございました」

「時間がいくらあっても足りないわね」

と、にっこり微笑みあったものです。

あるときは、ドリス・デイの歌を歌いながら夜道を二人で帰ったことも。土砂降りの日には電話をくれて、大きな傘と替えのスカートを持って駅の改札口まで迎えに来てくれたこともありました。

そんな情に厚く、魅力あふれる彼女がいつも座っているカフェの席。ある日を境にその姿を見かけることはなくなりました。何度電話をしても留守電になるばかり――。

病院に入院したことを知ったのは、しばらく経った後のこと。キャサリンは、風のように去っていきました。

ぼちぼち
なさいませと
言って
あげたいわ
ま、どうでしょう!!
みなさま
せかせか
歩いてますこと
ありと
あらゆる
日用品。
おしょう
などども 油
入っています
お家のない人
みたいでしょ
でも
出先では
何が起こるか
わかりません
ものね

BONBEL
SMITH
Don't worry
Be happy
DELLA
si ribella
per la s
SETSUKO
TAMURA

第3章

健康は、毎日少しずつ築くもの

私の習慣

朝はたいてい、6時頃には自然に目が覚めます。

朝起きて、まずすることは、みんなへのごあいさつ。

台所の隅に自分で作った小さな祭壇の前に立ち、外国土産のかわいいドアベルを鳴らしながら、

「お父さん、お母さん、H子、Fちゃん、F子さん、Tちゃん、K先生、Y先生、Nさん、E先生、T先生、ラッキー……おはようございます！」

とあいさつします。そうすると、気持ちがパッと明るくなるんです。新しい一日が始まった！　という感じがして。

出かけるときは祭壇に向かって「行ってきます！」。帰ってきたら「ただいま」。

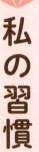

夜は朝と同じようにベルを鳴らしながらお祈りをして、「おやすみなさい、また明日ね」とみんなにあいさつしてから眠りにつきます。

朝も夜も、どちらもお願い事をするのではなく、あいさつをするだけ。時にはその日にあったうれしいことを報告したり、悲しい気持ちをぽろりとこぼしてみたり。

朝、目が覚めて新たな一日を迎えられることに感謝をし、夜は、無事一日が終わり、多少落ち込むことがあっても、こうしていつものように自分の家のお布団で眠りにつけることに感謝をする。

いつの頃からか、自然にそんな習慣がつきました。

呼びかけているのは、今は亡き父や母、妹、親しかった友人やお世話になった方々。一人ひとりの名前を声に出して語りかけることで、なんだかその人たちが遠くからふんわりと見守ってくれているような、そんな気持ちになります。

お名前がどんどん増えてくるので、順番を決めて目を閉じて呼びかけていると、ちょっと頭の体操になっているかもしれません。

自己流の、とってもシンプルなお祈りだけれど、一人暮らしの私にとって、一日の始まりと終わりを感謝で終えるこの習慣は、とても大事なものになっています。

ちょっとした工夫

俳優やアナウンサーのような〝話すプロ〟の人たちが発声のトレーニングに使っている台詞があります。それが、江戸時代に2代目・市川團十郎さんが初演を務めた歌舞伎、『外郎売《ういろううり》』。数ある歌舞伎の名台詞の中でも、特に難しい台詞の一つといわれていて、いわゆる早口言葉を集大成したものです。

しかも、日本語の五十音の各行にわたって練習できるようにしてあるんです。本物の歌舞伎役者さんたちも、この台詞を日々、修練しているんですって。

あるとき、歌があまりに下手なのでボイストレーニングの本を買ったら、そこにこの『外郎売』の台詞が載っていました。それがきっかけで、私もちょっと練習するようになりました。

一人で閉じこもって絵を描く仕事で、しかもおばあさんの一人暮らし。集中していると、誰ともしゃべらないで黙々と作業に没頭してしまうでしょう？ そうすると、いざしゃべらなければならないっていうときに口がうまく回らずに、なんだか舌ったらずになってしまうんです。

寝起きでまだぼんやりしているときに、口がちゃんと目覚めるように『外郎売』の台詞を念仏みたいに唱えるの。

「武具馬具武具馬具三ぶぐばぐ、合わせて武具馬具六ぶぐばぐ〜」

なんて。舌と唇のいい運動になります。

おばあさんになると、どうしても滑舌が悪くなりがちだから、それを解消するのに役立つし、のどと口を使うから脳にもいい感じ。おなかに力を入れて発声するから、腹筋も使うでしょ、運動不足の解消にも有効みたい。

朝は、歯を磨いた後に『外郎売』の台詞をやったら、今度は顔の体操。ヨガに「シムハーサナ（獅子のポーズ）」というのがあるんですが、全身でやるとちょっと面倒だから、顔だけ真似して、舌をベーっと出すのが私流。

なんでもキチキチ、完璧にやろうとしないのが長続きのコツね。

ちなみに、若いお友だちが『外郎売』は長いので、もっと短いのをやってみて、と「さらしりするせれそろ」を教えてくれました!!

家族がいれば、ちょっとしたことでもああだこうだとおしゃべりして、それだけで舌をほぐす運動になるけれど、一人暮らしなので、意識して声を出したり、顔の筋肉をほぐしたりしています。

そういう日々のちょっとした工夫と心がけが、私の健康を支えてくれているのかもしれません。

そしてもう一つ、これは早口言葉ではないのですが、毎日、お気に入りの『Smile』『Hi-Lili, Hi-Lo』『Tammy』の中からどれか一つを歌っています。

私がJAZZソングを歌うようになったきっかけは、

「70歳の女性の方が『It's been a long long time』一曲だけを習いに来ているんですよ」

と、プロ歌手のM先生がおっしゃっていたからなんです。

生涯、一曲だけを歌うなんてすてき!!　それなら私も！　と思ったのでした。

お散歩しながら
歌います♫
Que Sera Sera
Over the rainbow
がおとくいかしら?

パリジェンヌと鏡

小さい頃、私が一番なりたかったのは美容師さんでした。

母が外出するときには、「お母さん、ちょっと待って！」なんて言って、メイクのお手伝いをしたり、「マッサージしてあげる！」と言っては、コールドクリームを持って母の後を追いかけ回したりしていたものです。妹が「これからデート」と言えば、「ちょっとやらせて！」と言って、髪をカールしてあげたり。

今でも電車に乗っていると、「あの人、もう少し前髪を上げたほうが」とか「口紅の色、プラム色にしたら？」なんて、心の中でおせっかいをしています。

思えばこの気質は、今の絵を描く仕事にも通じているかもしれません。女の子を描くときは、お目めをぱっちり、口元もうっすら紅を引いて、足をすらっとさせてあげて。お洋服も、その子が一番魅力的に見えるようなコーディネートを考えて描くんです。それって自分がなりたい憧れの姿でもあるので、おもしろい仕事だと思います。

メイクは毎日、必ずします。

なぜかというと、鏡を見たときに、元気よく健康そうに見えるから。女の人がちょっと身なりに気をつけて、きれいに、かわいくいるだけで、まわりの人の気持ちもパッと華やぐんです。アイメイクをササッとして、口紅をつけるだけで血色も良くなるし、目元も明るくなります。自分にちょっとした暗示と魔法をかける感覚ね。

最近はニベアのスキンミルクを愛用しています。今はさまざまな高級化粧品もあるけれど、ニベアのスキンミルクはお肌にやさしいし、お値段もお手頃でお財布にもやさしい。顔にも手元にも同じものを使っています。

ファンデーションも、コンビニで売っているようなものを、ぱぱっと指でつけています。

あとは絵を描くのと同じ要領で、アイシャドウ、アイライン、アイブロウ。それに口紅をつけて、トータル3分以内！

常に慌ただしかった介護生活のさなかにも、

「あらら！　いつの間にお化粧したんですか？」

なんてヘルパーさんにびっくりされていました。必要に迫られて編み出した、ちょっとした技っていう感じかしら。

もちろん、自分の顔で気に入らない箇所っていっぱい。たとえば、子どもの頃からあるほうれい線。マッサージでなくなったらいいなあ、とたまに思うけれ

ど、

「小さい頃からずっとあるから、これが私の伝統なのかしら」

なんて思って、自分をなぐさめています。

そうすると、だんだん、これがあってこその私の顔なんだなあ、と、なんだかいとおしくさえ思えるから不思議です。

原宿の竹下通りの１００円ショップに行けば、アイシャドウでも口紅でもつけまつげでも、なんでも売っています。そういう遊びのメイク用品は、いろいろなカラーをそろえて、惜しげもなく使って楽しんでいます。

メイクと同じくらい大切なのは、こまめに鏡で自分の顔や全身のバランスをチェックすること。私の場合、仕事場など身近なところに手鏡を用意したり、お店にある鏡やウインドウなどで自分の姿をチェックしています。顔色よく、楽しそうに映っていたら「よしよし、元気そうね。ＯＫ！」。

この習慣がついてから、自分の顔色や全身のコーディネートバランスに、より気をつけるようになりました。鏡って、とっても正直。ドキッとすることもあるけれど、とても有効で、ときに辛口のアドバイスをくれる存在なんです。

私にそれを教えてくれたのは、若い頃に行った、憧れの都・パリの女性たち。石畳の道、教会、古い街並み、おしゃれなカフェ。何もかもがすてきに見えて、ことばもわからないのに、私は夢中でパリの街をあちこち歩き回りました。

なんといっても一番印象に残ったのは、パリの女性たちの美しさ。

パリのレストランやカフェの椅子は、とても狭いところに、ぎっしり並べられていて、慣れないととても通りにくいのです。ところが、パリの女性たちは狭い隙間をどこにもぶつからずに、まるでそよ風のようにするりと抜けて席に着きます。

たまたまそういう人を見た、というのではなく、どの人もどの人も、大体動きが軽やかで、しなやかで、まるで毎日この場所でレッスンを積んだかのような動きなのです。

そして席に着くと、小鳥か子猫がささやくような声で話し始めます。隣の席に決して邪魔にならない声、やわらかなフランス語の響き。表情たっぷりに会話に彩りを添える、優雅で美しい手。

次に気づいたのは、彼女たちが〝鏡好き〟なことです。

レストランやカフェには、たいてい壁に鏡がはめ込んであり、レジのカウンターにも小さな鏡が置いてあるのですが、その鏡を1秒の何分の一かの素早さでとらえ、さりげなく髪の具合、メイクの状態をチェックしているのです。〝鏡をのぞく〟という動作とは違う、ほんの一瞬、信じている相棒に目配せするような親密さ。

「さすが……」

私はその姿を見て、心底、感心してしまいました。

大人になると、人はいちいち、「ほら、口がへの字になっていますよ」とか、「その前髪、なんとかならないの?」などとは言ってくれません。

また、鏡とは不思議なもので、不機嫌な顔で見ると、それを2倍にして送り返してくるのね。逆もまたしかり。にっこり、最高の笑顔とまなざしを向ければ、鏡はいきいきしたパワーを返してくれて、それがまわりの人をも笑顔にしてくれます。

食事を楽しむ

最近はいろいろなサプリメントや、栄養補助食品が人気です。コンビニや薬局で気軽に買えるし、ラベルを見ると「ビタミン」だの「カルシウム」「マグネシウム」だの、なんだか体に良さそうなものがズラーッと書かれているから、ごはんをしっかり食べるより、そういうものを代わりにとればいいんじゃない？　なんて思う若い人も多いと聞きます。

でも‼　もし、旬のお野菜や果物に、同じような栄養素のラベルがついていたら？　人工的につくられた栄養補助食品より、ずっとずっとおいしくて、しかもさまざまな栄養素名でギッシリになりますよね。

それくらい、野菜や果物、卵、肉、魚などに含まれる栄養というのは豊かなんです。まさに「食べ物はお薬である」っていうわけ。

だから、日々どんなものを食べるかということを、私はとても大切にしています。

ずいぶん昔、新聞社の取材で荒れる児童について質問されました。

「家庭と学校とどちらに原因があると思いますか?」

私はとっさに、「食べ物も原因の一つだと思います。子どもたちの好む食品ばかり与えていると、血液が酸性に傾き暴力的に。アルカリ性食品をすすめて、バランスをとる必要があると思います」と答えました。けれどその人は、家庭と学校のどちらかに決めたかったらしく、私の答えはボツに。

しかし、この考えは変わっていません。責任といえば、家庭も学校も両方にありますよね。

長女で、子どもの頃からずっと母のお手伝いをしてきた私にとって、料理はいい気分転換の一つ。難しく考えず、目の前の食材を見ながら、ぱっぱっと作っていくのが結構好きなんです。といっても、一人暮らしだから作る量もちょっぴりだし、あまり、おしゃれじゃないし、言ってみれば〝まかない食〟ってところかしら。

朝食はたいていワンプレートです。定番はオムレツ。亡くなった愛猫のラッキーがいた頃から煮干しが常備品だったからか、今でも尾頭つき煮干しは必ず入れます。なんとなく、いいお出汁もとれそうだし、カルシウムたっぷりでしょ?

レシピをちょっとご紹介しましょう。

セッコ流朝食オムレツ

1 フライパンに小さめの煮干しを入れて、から煎りします。

2 1のフライパンにタマネギ、ピーマン、ジャガイモ、トマトなど、好みの野菜を加えて炒めます。

3　オリーブオイルをくるくるっと回しかけ、といた卵を流し入れます。卵の数はお好みですが、私はたいてい1個。

4　卵が好みのかたさに固まってきたら、パッと引っくり返します。

5　ショウガ、ユズの皮、ミョウガなど、香りのたつものを少しだけ刻んでトピングをして、ハイ、できあがり！

セッコ流オムレットトッピング術

「これが私のフランス風なところかしら」なんて、ちょっと一人で気取ってみたりしながら、いろいろなトッピングを楽しんでいます。

・**パセリやセロリ**……葉っぱを刻んで、さわやかな香りを吸い込み、大胆に散らして苦味も味わいましょう。

・**抹茶**……ビタミンCが足りないかしら、なんて思ったときには抹茶をパラパラ。香りがとってもすてき。ちょっと京風っぽいでしょ？

・クルミ……………碎いたクルミやアーモンドを振りかければ、味にぐっと奥行きが出るんです。

・ポテトチップ………碎いて加えると、パリパリした食感がとても楽しい。

・ワンプレートで……気分は〝大人のお子さまランチ〟。オムレツの横にご飯やパンを1切れ、スコーン1個などをのせて、マーマレードを添えたり、温野菜を添えたりするのもおすすめです。

ひと口食べて新聞読んで、途中で絵を描き始めて、絵の具を乾かして、またひと口食べたりして、お洗濯。お昼までの間に、ゆっくりとワンプレート食べ終わる感じです。一度に全部食べないで、ちょこちょこ食べるのが私流。

子どもの頃から、食が細いとよく言われました。たっぷり食べてしまうと、おなかがふくらんで重たくなって、すぐ眠くなっちゃう。1枚のビスケットのはじっこをひと口食べて置いといて、遊びの途中でまたひと口食べて、一日1枚長持ちしたわ、と母の笑い話です。
子どものときの食べ方がそのまま習慣になっているとしたら、不思議です。「腹6分目」というのが、私には合っているみたいです。

外食して残してしまったときは、できる限り包んでもらって、家でもちょこちょこ食べて、残さず食べきるようにしています。仕事柄、お菓子などをいただく機会も多いけれど、食べきれないときはご近所の方々にすぐお福分け。いただき物だからみなさんも気楽に受け取ってくださって、喜ばれるから私もうれしいんです。

好きなのは、なんといっても揚げ物！　天ぷらとか、フライとか、とにかく香ばしくてパリパリしたものが大好き。なんだか「元気がやってきた！」って感じがして気分も盛り上がるでしょう？　健康のために油を控えている方も多いけれど、実は私は、なんにでもオリーブオイルをちょろっとかけるくらい油が好き。

揚げ物は面倒、という声も聞くけれど、とっても簡単で楽しいものです。けっこうアレンジもきくし、準備だってそんなに複雑じゃないし、ささっとできて便利ですよ。私はなんでも揚げちゃう。ちょっと時間が経ってしまった揚げ物は、お醤油で甘辛く煮たりして、またまたおいしくなります。

ほかによく作るのはスープ。タマネギを細かく刻んで、飴色になるまで炒めてから、水にといたコンソメを流し入れると、シンプルだけれど本当においしいスープができるんです。そこにお麩を入れたり、かき卵を加えたり、ご飯の上にのせたり。水分を飛ばしてペーストにして保管しておいても。いろいろに使えて便利です。

フルーツの皮も、捨てずに活用します。細かく切ってお紅茶に混ぜるだけで、さわやかな香りがぱーっと広がって元気になります。お砂糖で煮て、仕上げに水とき片栗粉を入れれば、マーマレードもお手のもの。

ちなみにマーマレードやイチゴジャムはすてきな気つけ薬！　ちょっと疲れたときはスプーンでひと口。「わっ、透き通ってルビーみたい」色と香りと甘さにうっとり。たちまちパッと疲れが吹き飛びます。

八百屋さんに行くと、「今日は何を作ろうかな」「どんなアレンジをしようかしら」と考えて、思わずニコニコしてしまいます。自分で作れば自分好みの味に仕上げられるし、楽で申し訳ないくらい。

ジュージューとフライパンで野菜や肉が焼ける音、キッチンから漂ういい匂い……。アロマセラピーじゃないけれど、料理をするときの心地よい音やおいしそうな匂いというのは、精神衛生上とってもいいみたいです。

一人分の食事は、カジュアルで、おやつのバリエーションみたいに楽しませてくれるのがいいと思います。一人だとなんだかさみしくなる鍋料理などは、たまにお友だちと会ったときのお楽しみにとっておいて、普段は自分好みのおかずや常備菜をちょこちょこ作って、お気に入りのお皿にきれいに盛りつけてみては？

庭の葉っぱやお花を一輪そえると最高！

まるでピクニックに行くようなつもりで盛りつけも楽しむと、一人の食卓がぐっと華やぎます。

自分に合う健康法

若い頃よりも、むしろ最近のほうが風邪をひきにくくなったし、少々仕事が忙しいときでも、なんとか体調を崩さずに乗り切れるようになった気がします。おばあさんになるまでの間に少しずつ、自分を丈夫に鍛えてきたのでしょうか。

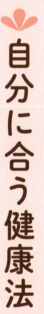

20代の駆け出しの新人時代、私は毎日の睡眠時間を削って、必死で仕事に取り組んでいました。郊外に住んでいたので、どこの編集部に原稿を届けるのにも移動にすごく時間がかかってしまう。だから、間に合わせるために無理をして毎日寝不足。そのせいでとてもやせて、おなかはぺっちゃんこ、腰骨まで出てしまうありさまでした。

でも、連日の寝不足でとうとう体が悲鳴をあげてしまって。気づいたら、耳鳴りがするようになっていました。

近所に母の主治医のおじいちゃん先生がいらして、母の付き添いで訪ねた際、ついでに「先生、なんだか最近耳鳴りがひどくて、駅でずっとしゃがみ込んでしまったんです。それに、ときどき景色も白黒に見えるんです」と相談してみました。では血圧でも試しに測ってみましょうか、ということで診てもらったら、「なんだこれは！　低血圧にも程がある！」と言われるほどの低血圧。「自律神経失調症」だと言われて……。

当時はまだあまり知られていない言葉だったから、驚いてしまいました。

どうやって治したかというと、とにかくいろいろな方法を試行錯誤してみたんです。高原書店という大きな古本屋さんがあって、そこにはヨーガやアーユルヴェーダなど、東洋医学の本や、精神世界の本がたくさん並んでいました。

そこで片っ端から参考になりそうな本を手に取り、ありとあらゆる健康法を読みあさったのです。

さまざまな考え方に触れるうちに、

「体が心をつくり、心が体をつくる。だから両方が大切だ」

という、東洋医学的な考え方にひかれるようになりました。

「この世で一番体に悪いのは、怒り、嫉妬。一番強いのは、感謝」

そんな言葉を知ったのも、この頃でした。

スピリチュアルな世界に注目が集まっている昨今では、こんな言葉も当たり前のように聞こえるかもしれませんが、当時はとても新鮮で、今でも印象に残っています。

「怒り、嫉妬は感謝に勝てない」。本当にそのとおりだと思います。感謝の気持ちを忘れずに。〝生命〟は偶然の贈り物。まず、一番の感謝は〝生命〟というものに対して。大切にしなければもったいないって気づきました。

そんなわけで私の健康法は、これまでさまざまな試行錯誤を積み重ねる中で、少しずつ、自分なりのやり方というか、自分に合う考え方や方法というものを生活に取り入れてきた結果、自然に形づくられてきました。

〝自分なりのやり方〟を見つけるまでには時間がかかったけれど、それが今、とても役立っているかもしれません。

ゆううつになったら
床をみがけ！と
誰かが言っていた
ことを思い出し、
やってみたら、
これは本当でした。
Melancholy

床をみがいて気分転換

フィレンツェの
ホテルの
メイドさんは
大きめのタオルで
ぐるり、と
こぼしたお水を
ふいていました。
おそうじ道具の
発明いろいろ。
アルルの美術館の
おばさまは
おまごさんの、ちぢんで
しまったセーターで
フローリングの床を
ぴかぴかに
みがいていました。

猫になった気分で

若い頃から、たくさんの猫たちとともに暮らしてきました。最後の愛猫ラッキーが亡くなってから、黒猫にゃん太を預かるまではずっと一人暮らしでしたが、猫たちは、本当にたくさんの大切なことを教えてくれました。

アメリカの作家、ポール・ギャリコの作品に『ジェニィ』という小説があります。ニューヨーク生まれのギャリコは、新聞記者から小説家になった人ですが、猫にものすごい詳しい方なの。

題名の『ジェニィ』は、賢くてすてきなメス猫の名前。突然真っ白な猫になってしまった少年ピーターは、人間たちに追われ、意地悪なボス猫にいじめられ、さんざんな目に遭います。そんなときにやさしいメス猫のジェニィと出会って、恋と冒険が始まる——そんな大人の童話です。

なんといっても、このメス猫のジェニィがしなやかな哲学を持っていて、本当に魅力的なの。それがどのページからもあふれていて、すべての女性はジェニィから学んだほうがいい、って思うくらい！

たとえばこんな具合です。

「『疑いが起きたら——どんな疑いにせよ——身づくろいすること』これが規則第一号なの」とジェニィは言った。（中略）「もしあんたが何か過ちをしでかすとか、人に叱られたような場合——身づくろいするの」と彼女は説明した。「もし足をすべらすとか、何かから落ちるとか、誰かに笑われたような場合——身づくろいするの。もし誰かと議論して負けるとか、自分が落ちつくまで、敵対行為を一時中止したいと思ったような場合、すぐ身づくろいを始めるの。これはよく覚えておいてちょうだい――どんな猫でも、相手の猫が身づくろいしているあいだは、妨害しないものなの。それがあたしたちの社会で、身を処す規則の中で一番大事な規則なの」
（『ジェニィ』ポール・ギャリコ著　古沢安二郎訳　新潮文庫）

最高でしょ？　どんな哲学書や健康法にも、ひげをとらない真実だと思います。猫はみんな自然にやっていることですが、ぐう－っと伸びをしたり、毛並みを整えたり、言ってみれば、セルフエステの名人なわけ。

実際、最近うちにやってきたにゃん太を見ては、あらためて猫のあっぱれな身づくろい力に驚いています。

ジェニィの台詞にもあるように、人間だって、ちょっと心に疑いが起きたり、人に叱られたり、気分がふさぐような場合には、ムキになったりカッカして議論したりするよりも、まず大切なのは〝身づくろい〟じゃないかしら。プリプリと怒っている自分の顔を、ちょっと冷静になって鏡で見てみると、びっくりするくらい怖い顔をしていますから。用心、用心。

悲しい気持ちのときだって、体を動かして、ふさぎの虫をおっぱらってしまえばいいのです。身づくろいの中に、深呼吸も忘れないでね。

女の人って、そういうところはとっても天才なので、どんなに落ち込んで気分がふさぐときでも、いつもよりちょっと華やかなスカーフを巻いたり、新しい口紅を塗ったりするだけで、ぱあっと気分を変えることができるんです。

だから、大丈夫。なんでもかんでも、身づくろい。猫になった気分で、ぜひチャレンジしてみてください。私がなんとか健康なのは、ジェニィから学んでいることも大きいなあ、と思います。

眠りでリセット

仕事や打ち合わせが終わった後、気の置けない仲間と飲みに行ったり、時には一人で行きつけの店にふらりと立ち寄って、一杯飲んだりするのが大好きです。緊張感のある仕事の時間からふっと解放されて、全身の力が抜ける貴重なリラックスタイム。

ワイン、ウイスキー、日本酒と、なんでもおいしくいただいています。

あるとき、脳梗塞から生き返ったという男性から聞いたのですが、その方は主治医の先生に、

「酔っぱらって眠ることは睡眠ではありません。〝気絶〟と同じなんです」

「夜10時から2時までをゴールデンタイムといいます。仕事が途中でも、その

時間帯はしっかり睡眠にあてて休むようにする。そうすれば元気になるでしょう」

と言われたんですって。

なるほど！　やり残したことがあれば、先に済ませてから寝るというのが普通なんでしょうけれど、そのお医者さまがおっしゃるには、「最も睡眠に適した時間帯に、とにかく先に寝ちゃいなさい」ということなのね。

最近は私もこれにならって、夜10時を過ぎると、

「あら大変、そろそろゴールデンタイムだわ！」

なんていそいそと眠る準備を始めています。

ともあれ〝睡眠は妙薬〟とはたしかに。

よく眠った後はなんだか体が生き返ったような気がするし、心なしかメイクの

のりもいいみたい。ゴールデンタイム方式を続けてみようと思っています。

「今日はちょっと嫌なことがあったわ」と思った日も、お風呂に入ってゆっくり休めば、あら不思議。なんだか気持ちが晴れやかになってきます。

だからどんなときも、心身の休息を忘れずに。昔から〝果報は寝て待て〟と言いますし、悩みや心配事は明日起きてから考えましょう。きっと、新しく生まれ変わった朝が、すてきな考えを連れて来てくれます。

寝袋だいすき
冬用と夏用を
持ってますの
まあ、ですから
街中の夜も
いわゆる
山ガール気分
ですのよ

第4章

幸せな日々を過ごす秘訣

自分だけの空間

誰にでも、なんとなく気持ちがふさいだり、落ち込みやすい日というのがあると思います。そんなときのために、私が大切にしているとっておきの方法を2つご紹介します。

一つは、自分だけの居場所をつくること。そこにいればほっと安らぎ、安心できるプライベートパラダイス。そんな空間を、ぜひつくってみてください。

家の中に自分の部屋がなくても大丈夫。キッチンの隅に、お気に入りのポストカードや好きな雑誌の切り抜き記事を貼っておくだけでもいいのです。小さなコップにさっと1輪、お花を生けてみるのもすてき。魔法の杖をひとふりするような気持ちで、試してみてください。

子ども時代、父の勤めの関係で官舎に住んでいたため、私には自分だけの勉強部屋というものはありませんでした。でも、「縁側の隅を自由に使っていい」と言われていたので、私はそこに空き箱を使って机を作り、後ろにギンガムチェックのカーテンをかけたのです。

はたから見れば隅の一角にすぎないけれど、私にとってはそこは立派な〝自分だけの部屋〟。カーテンをさっと引けば、いつでもそこは自分の好きな世界に早変わり。家の中で、一番お気に入りの場所でした。

また、19歳の頃、盲腸の手術で1週間ほど入院したことがありました。私は籐のバスケットにお気に入りの品物を詰めて持っていき、ベッドのサイドテーブルに置いて、白い壁にはお気に入りの絵葉書を飾りました。

個室ではなく3人部屋だったのですが、サイドテーブル側を向いていると、誰にも邪魔されない自分だけの空間になるのね。回診のたびに、先生や看護師さんに笑われましたが、ほかの患者さんにもすぐ流行しました。

おかげで、殺風景だった病室がお気に入りの空間となり、気分のふさぎがちな入院生活も、思い出深い楽しい日々となったのです。


ほんとに小さなスペース、ハンカチぐらいの広さでもワンダーランドはできます。庭の苔《こけ》をじっと見ると森に見えてくる。あの感じです。ペットボトルの中に菜園を作る人もいますね。

ほかの人から見れば無駄な空間やモノにしか見えなくても、自分にとって「好き！」と思えるものがあれば、実はそれだけでずいぶん安心できるもの。私たちの身の回りに、気分をリフレッシュしてくれる宝物は実はいっぱい転がっています。そのことに気づいてからは、ストレスを溜め込む前に、自然に気持ちを切り替えられるようになりました。まさにプライベートパラダイスです！

そしてもう一つは、名作の助けを借りることです。

古今東西、ありとあらゆる文学作品が生み出されてきましたが、やはり時代の波を乗り越えて生き残った作品には、どんなに昔のものでも、今に通ずるキラリと光る魅力があります。

一人暮らしの私は、独り言の相手として、カードと日記帳を愛用しています。そこには、そうした名作から拾った、お気に入りの言葉がたくさん書き留めてあるの。愛猫のラッキーが亡くなったときも、書き留めた言葉を探して、「ラッキーは、妹と同じ、もう苦しみのない世界に開放されたのね」と気持ちをなぐさめました。

そうやって、かつて読んだり、見たり、聞いたりしたことが自分を助けたり、応援したりしてくれるんです。言ってみれば、とってもリーズナブルな病院ってところかしら。

特にお世話になったのは、『赤毛のアン』です。悲しいことやつらいことがあっても、生来の明るさと豊かな想像力で自らの人生を切り開いていったアン。その姿に、何度励まされたことでしょう。

カナダの作家・モンゴメリが100年以上前に書いた小説ですが、まったく古さを感じさせません。モンゴメリは、流行作家になったために友だちから嫉妬され、苦しんだこともあったそうですが、それでもひたむきに創作を続け、その作品は世界各国で翻訳されるベストセラーとなりました。

作家自身が苦しみを乗り越えて生み出された作品だからこそ、私たちの心に寄り添い、心に響くのかもしれません。

笑顔のパワー

シャーリー・テンプルちゃんをご存知でしょうか。1930年代のハリウッド映画に子役として出演し、絶大な人気を誇った女優さんです。日本でも、その愛くるしい容姿と、天才子役とうたわれた演技力が評判を呼んで、大人気でした。

1930年代のアメリカは、大不況の嵐が吹き荒れ、街はどことなく暗い雰囲気に包まれていました。そんな中、くるくるの巻き毛にふっくらほっぺ、かわいいえくぼのテンプルちゃんが笑顔でスクリーンに登場すると、人々はたちまち夢中になり、彼女はハリウッド一の人気子役スターとなったのです。かのルーズベルト元大統領も彼女の大ファンだったというから、その人気のほどがわかるでしょう。

バツグンに賢く、がんばりやさんだったというテンプルちゃん。映画の中でも、つらい暮らしに負けず、明るい笑顔で苦難を乗り越えてゆく役で人気を博しました。

「人々を幸せにすることが私の仕事」と決心して、笑顔と愛くるしさで世界中を魅了し、〝小さな外交官〟として国際的に活躍したテンプルちゃんは、その後、本物の外交官となり、各国大使を務めました。

私もそんなテンプルちゃんのパワーをイラストの少女にそっと混ぜたりします。「楽しいから笑うんじゃなく、笑うから楽しくなるのよ」とプロデューサーから教育されていたのだそうです。

笑顔といえば、思い出すのは就職試験のときのこと。

画家になりたい！　という夢はあったものの、家計のことを考えて就職することに決めた私。受けたのは銀行でした。筆記試験、面接3回に重役面接もありました。

セーラー服を着て、重役面接に臨んだ私に、面接官はひと言、「楽しそうですね」って。並んでいる重役さんもいっせいにニコニコなさったんです。そうして、すぐに秘書室に配属されることに決まりました。

なんで私が笑っていたかというと、実は、前日まで友だちと面接の練習をしていたんです。椅子の左側から入って座るとか、おじぎの仕方とか、神妙な顔で。本番さながらに質問してもらったりして。だから、本番当日、その練習どおりにすまして演じている自分が、なんだかお芝居をしている気がして、思わずおかしくなってニコニコしてしまった、っていうわけなんです。

今でも、あの就職試験の勝因の一つは〝笑顔〟だったんじゃないかな、なんて思っています。それくらい、笑顔パワーって強力！　笑顔がハッピーを連れて来るんですね。

人生の醍醐味

75歳の今まで、ずっと独身です。

ほかのことではストップがかかるまでペラペラ話す私が、恋に関する話では、ピタッと無口になるのが新発見でした。

恋愛がまったくなかったわけじゃないの、けっこう多かったかもしれないわね(笑)。気が多い？　自分でもその辺はもう忘れましたけど。

昔、母に「あんた、いったいどうなってるの？　いい人がいないわけじゃないんでしょ？　Aさんは？」と聞かれ、「あれは友だち」と答えると、

「Bさんは？」

「あの方も友だち」

「あんた、そんなことばっかりしてると、『舞踏会の手帖』になっちゃうわよ」と言われたことがあります。母はいつもうまいこと言うの。

『舞踏会の手帖』というのは、昔のフランス映画で、若くして未亡人になった主人公がかつてのボーイフレンドたちを訪ねて回るという話なのだけれど、月日が流れる間に、すっかり彼らも様変わりしていて……というあらすじだったかしら。友だちがいっぱいいて、まんべんなくおつきあいをしていた私のことを、母が心配して言ったんです。

私も結婚できたらうれしいな、とは思っていたけれど、いつも仕事ばっかりだから、しっかりした妻にもお母さんにもなれそうにない。とりあえず今回の人生では仕事をするわ、と思ってずっとやってきました。

家庭を持ったら、相手に苦労をかけちゃうような気がして……。次回生まれ変わったら、おちゃめですてきな妻と母になりたい。

家庭は、女性がしっかりしていないとうまくいかないことが多いと思うのね。まわりのうまくいっているカップルを見ても、やっぱりお母さんが明るくてしっかりしているところは、うまくいっているみたい。

町のおそば屋さんなんかで、特にこれといった会話はないけれど、老夫婦があうんの呼吸でかいがいしく食べ物を取り分けたり、お箸を渡してあげたりなんかしているのを見ると、ああいいなあ、って、うっとりしてじーっと見てしまいます。

おばあさんといわれる年になってからは、「結婚したい」という気持ちこそなくなりましたが、ときめきを感じるやわらかな心を持っていたい、とはいつも思っています。

『星の王子様』で有名な作家、サン・テグジュペリのことばに、「恋する日常」

というのがあるけれど、まさにそう！　街ですてきな人を見かけたときには、その人のすてきなところだけ〝わがままウォッチング〟をしています。

全部知って、全部自分の願望を満足させようだなんて、欲張っては見ないのがコツね。

すっかり独身生活に慣れた私ですが、長年連れ添った愛猫のラッキーも、この世を去りました。

一人でいると、しみじみ寂しさを感じることもあります。でも、同時にまったくしがらみがないから、清々しい気持ちでもあるの。

一人ではさみしい、でも、人がいたら気を遣うし。わがままですね。矛盾しているけれど、これが生きるということだと思います。

どっちの道を選ぶかは、好みの問題なんじゃないかしら。

決してどちらかが完全に幸せで、どちらかが完全に不幸というわけではない。割り切れるものではないの。それが人生の醍醐味というか、おもしろさでもありますね。

いねむりフェアリー
スーちゃん
しあわせってなんだろう？
SETSUKO TAMURA

第5章

海外旅行と映画

おのぼりさんはすてき

駆け出しの新人時代から、雑誌で眺めては憧れていたヨーロッパの国々。いつか行ってみたいと夢見ていた異国の地に初めて降り立ったのは、１９６５年、27歳のときでした。

当時は今のように誰もが気軽に海外に行けるわけではなく、ドルの持ち出し制限があった時代。

でも、私は「苦労があっても、きっとその分すてきなことが起こるに違いない！」と思って、コツコツ貯めた貯金をはたいて、思いきって飛び立ちました。家族や編集部の人たちが総出で空港まで見送りに来てくれました。

といっても、ゴージャスな旅ではありません。31日間の、つつましい画家向けのツアー。パリ、ロンドン、ローマ、ミラノ、スペインの美術館めぐりの旅です。

ツアーには、絵本画家のいわさきちひろさんもお母さまと一緒に参加されていました。

27歳の私は、ツアーメンバーの中では若く、不安よりも初めての海外旅行への期待と喜びで胸がいっぱいでした。

旅行には、6カ国語会話辞典を持っていきました。

同行のおばさまに頼まれて、市場やお店で「スコント（イタリア語で「値引き」という意味）」と意気揚々と伝えたり、お店の人から「これはおまけできません」と言われると「ノンカピートイタリアーノ（イタリア語わかりません、という意味）」なんて言ったりして。

言葉が完璧にはわからなくても、片言でもコミュニケーションをとろうとチャレンジするのが楽しいのです。身振り手振りも交えて、ニコニコ笑顔で、あなたと話したいんだ！　という気持ちでいると、意外と通じてしまうことも多いから不思議です。

ツアーの人たちが、パリからコペンハーゲンなど近隣の街に行く際には、別行動でパリに1週間残り、一人の時間を満喫しました。言葉がわからないのに古本屋街や骨董市をさまよって、迷子になったり、ホテルに帰れなくておまわりさんに連れて帰ってもらったこともありましたっけ。

とにかく憧れのパリに、自分が今いるんだ！　というのが信じられないくらいうれしかったの。今まで映画や雑誌、本を通してしか知らなかった風景が、現地に行くことで、香りや音がついてきて、だんだん写真や名画の輪郭のピントが合ってきたような、そんな気分でした。

いわさきちひろさんといえば、ルーブル美術館でみんなでスケッチをしたときのことが忘れられません。

ちひろさんのスケッチ姿をちらっと見たら、サウスポーでやわらかーく鉛筆を持って、見るところを見たらほかのところなんてどうでもいい、っていうふうに、風のようなタッチでさらさらさらっと描いていらしたの。びっくりしました。あんなにやわらかく鉛筆を持つのね。

自分が見るべきところさえしっかり見ていれば、旅先のスケッチはそれでいい、って学びました。

同時に、この旅で、ちひろさんや現地の美術館の修復士の仕事を目の当たりにして、「私も投げやりな仕事はしないようにしよう」って、心に誓ったの。

それからも、海外には機会を見つけては行っています。ニューヨーク、ロサンゼルス、ラスベガス、ワシントン、シカゴ、サンフランシスコ、ハワイ、北京、西安、トルファン、サハラ砂漠、カサブランカ、ラバト、ニューデリー、バリ島……。

本当に世界中、いろいろなところに行きました。言ってみれば映画は〝動く絵本〟だけれど、旅は飛行機で飛んで行って、実際に自分が主人公となってその街に手で触れることができるんです。

日々の暮らしでいろいろな問題を抱えていても、忙しい中をなんとかやりくりしてピュン！ と飛んでいくと、気分もしゃっきり切り替わって、空港につけば〝別人28号〟になるの。機内食からメモを始めて、空港についたらすぐ手紙を書いて。大忙しです。

外国にいると、ガリバー旅行記の主人公になったみたいな気分。知らない世界がいっぱいで、まるで異次元にいるみたい！

なんでも〝日本流〟とか〝いつもの私〟を通すのではなくて、現地に行ったら、私はできるだけその土地ならではのものを楽しむようにしています。

たとえば、旅先では現地のスーパーに必ず寄って、その土地のお洋服やオーデコロンや石けんを買います。リーズナブルなお値段でかわいいし、現地の気候にもぴったり。荷物も軽くて済むし。日本のお洋服にはない、新しいかわいらしさや魅力にはっとすることもしばしばです。

食べ物も、なるべくその土地のものを食べて充電します。そうして元気とパワーをチャージするんです。


そうそう、海外旅行では気取ってスマートにふるまうのもすてきだけれど、たまにはおのぼりさんパワー丸出しのグループツアーもおすすめです。キョロキョロ、ゾロゾロ、観光バスに乗りまくり、ガイドさんの説明に小学生のようにあちらこちらを見物し、想定外のおもしろさ満載です。

外国からの旅行者が日本の一流ホテルのエレベーターに乗ってきたとき、「まあ、ありのままで楽しそう。丸めた荷物を抱えてサンダル履きで。ツーリストそのもの。いい旅をね。グッドラック！」と、思いますよね。だったら日本人も、外国ではおのぼりさんでいいんです。

すべてがスムーズに進む予定どおりのおしゃれな旅では見落としてしまうような、すてきなハプニングがいっぱいあるはず。

言葉が通じない、迷子になる、トランクの鍵がない、お湯の出し方がわからない……。美しいホテルのロビーで、「疲れたでしょう、ハイ、梅干し」なんていきなりおばさまが包みを開け始めたら、昔の私だったら、まあ、恥ずかしいわ、と思ったでしょうが、今は「わっ、いただきまーす」と言っちゃいます。

とにかく、そういうときにホテルの人やおまわりさん、いろんな人々の素顔が見えてとってもすてき。おすましのボーイさんが思わず吹き出したり。両手を広げておどけるおまわりさんがいたり……。
人生もおのぼりさんでいたいです。私にカッコいい生き方は似合わないので。

映画はまるで宝石箱

漫画家の水野英子先生は、女性少女漫画家の草分け的存在といわれる方。その水野先生が、御茶ノ水の山の上ホテルにこもってお仕事をされていると聞いて、陣中見舞いに行ってきました。

水野先生の描いた風景は、上から俯瞰して見たり、下からなめるような視点で描いたりと、まるで本物の街並みが立ち上がってくるかのようなすばらしい臨場感。私はほれぼれと先生の作品を眺め、「どうしてこんなふうに描けるんですか?」と思わず聞いてしまいました。

すると先生はひと言、

「映画を見て勉強するのよ」

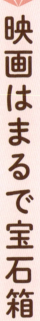

びっくりしました。

私も映画はとても好きで、女の子のファッションを見たり、顔の表情やヘアスタイルを見たりと、好きな部分はじーっと観察していたけれど、漫画家の方はやっぱり目の付け所が違う、そういうところを見ているんだなあって思ったの。

水野先生は馬を描くのも本当にお上手で、その秘訣を聞いたら、「西部劇を見たから描けるのよ」とおっしゃっていました。私には、とてもじゃないけれど漫画は描けそうにありません。


私は、捨てカットの仕事ばかりの駆け出しの新人の頃から、映画館にはしょっちゅう行っていました。新聞の映画欄を見て気になる映画があると、片っ端から見に行っていたの。

大雪が降って電車が止まってしまうようなときでも、わずかなおこづかいをポケットに入れて、新橋の飛行館や池袋の人世坐、アートシアター新宿文化なんかに行っていましたね。
映画を見た後、カフェに寄ってパンフレットをゆっくり読むというのが、私の大好きな、最高に贅沢な時間でした。

お金がなくて、時間だけはたっぷりある孤独な女の子には、映画館はパラダイス。しかも偶然、時代は名画が花盛りの頃。映画を見ながら女優さんの表情を研究したり、ドレスのコーディネートを勉強したり、「あのフレアスカートがかわいかったな」とか、「ポニーテールがすてき」とか、ずいぶんイラストの参考にしていました。

言ってみれば〝動く教科書〟だったのね。まるで暗闇に広がった宝石箱でした。

今でもよく覚えているのは、『ローマの休日』が封切りになったときのこと。

新聞に小さな記事が載りました。「彗星のように現れた、初めてのペチャパイ、大きな目」。主演のオードリー・ヘプバーンのことです。

当時人気だったハリウッド女優さんは、みんなとってもグラマラスだったから、そんな刺激的な見出しの記事が載ったんでしょうね。私は気になって、すぐにその記事を切り抜いて、『ローマの休日』を見に行きました。

スレンダーな体に、大きな瞳、落ち着きのあるかわいらしい声。彼女の清潔感あふれる可憐な容姿に、上品なドレスがぴったり似合っていました。シンプルなデザインの中にちょこっとラブリーな部分があり、それがまた、たまらないのです。

次から次へと封切られるオードリーの映画は全部見ました。彼女のファッションやヘアスタイルはとても新鮮で、その姿をノートにたくさん描きました。

なけなしのお金をはたいて夢中で見た、たくさんの名作映画。おしゃれなヒロインたちが暗闇の中から「どう！　すてきでしょう？」とウインクするのです。そのエッセンスは、のちに私が描いた〝おしゃれページ〟のレイアウトや、たくさんの女の子の絵に、少しずつ取り入れられています。

絵だけではなくて、今でもお洋服のコーディネートを考えたり、お買い物をするときに、頭の中にインプットされているさまざまな映画の名場面やヒロインたちの姿がぱっと浮かび、私にインスピレーションを与えてくれるの。昔も今も、私にとって、映画はおしゃれの見本帳です。

インド旅行で

最近は日本全体がなんでも極端に清潔好きになっている気がするけれど、もっとおおらかに考えたほうが、実は体にいいんじゃないかしらと私は思っています。なんでも拒絶反応って、疲れると思うのね。×ばかりつけていたら、体がゆるやかにならない。神経を尖らせているうちに、心の筋肉がどんどんかたくなってしまいます。

とりあえず〝なんでもマル〟というくらいの気持ちで、ゆったりと肯定的なほうが体にはいいと思うし、楽しいと思うんです。

インドや東南アジアに心ひかれて、何度も旅をしていますが、中にはとても衛生的とは言いがたい環境で暮らしている子どもたちもたくさんいました。公衆トイレに暮らしているという子にも、会ったことがあります。
でも、みんな輝く笑顔と、はじけるような生命力に満ちていました。普段から厳しい環境に鍛えられて、人間が本来持っているはずの免疫力も、バッチリ強くなっているんじゃないかしら。

インドの名所なんかで日本の方に会うと、食事の前にいちいち、口をつけるコップやスプーン、フォークをアルコール消毒している人がいたりします。口をついて出てくるのは、現地の不潔さや怖い病気の話ばかり。しかしそうやって人一倍気をつけているはずのご本人は、おなかをこわしてしまったり……。なんだか妙な気分になります。

もう一つ、印象に残っていることがあります。
数年前に、7人ほどのグループでインドに旅行に行ったときのこと。

ある村はずれの河のほとりで、一人の女性が水を汲んでいました。水瓶《みずがめ》を水面に預けて、ゆっくりと水を汲むその姿。サリーがバラ色の夕日にとけて、半透明に透け、彫りの深い横顔が静けさをたたえています。その動作の美しさはまるで舞のようでもあり、祈りのようでもあったのです。

インドでは、なんともゆっくりした動作の女性をよく見かけました。年中、せかせかと忙しく動いている自分の姿を思い浮かべ、ふと恥ずかしくなりました。ちょっとでもこの優雅さを見習いたいとまねをしてみたら、これがなかなか心地よいの。これだとインドの熱風もやんわりとかわすことができるし、街の騒音もするりと抜けられる。そして、立ったり座ったり、荷物を運んだりするとき、このゆっくりテンポがエネルギーの消耗を防いでくれるのです。ゆっくりゆっくり、体をなだめなだめ、呼吸をていねいに整えるヨーガにも通じるような気がしました。

とらえ方は自分次第

「ものは考えよう」と昔から言います。

その言葉を、しみじみと噛みしめるような出来事がありました。


中国の海南島に取材に行ったときのこと。

そこで出会った植物学者の先生と握手をしたときに、手にごつっと何かが当たりました。ふと見ると、先生の親指が逆向きにくっついているのです。

「あら？　どうなさったんですか？」と思わず聞いたら、同席していた人たちがシーンとしてしまいました。

しかしその先生は、にっこりとうなずき、「あなたが聞いてくれてうれしい。これは、私のお母さんの愛情の証しなんです。私の宝物なんです！」とおっしゃったのです。

先生は子どもの頃、親指を切断する不慮の事故に遭われました。お母さんがびっくりして、落ちた指を慌てて拾ってくっつけましたが、逆向きだったのです。病院に行ったときには、もう逆向きのまま親指はしっかりとくっついてしまって、とれなくなっていました。お母さんは、「ごめんね、ごめんね」と何度も泣きながら謝ってくれたそうです。

「だから、この親指を見ると、私のお母さんを思い出すんです」

まだ若いお母さんはどんなに困ったことでしょう。どんなに慌てたことでしょう。お話を聞いて、「この手は、すてきな宝物ですね」と涙ぐんで伝えると、まわりにいた中国の人たちも拍手をしていっせいに笑顔になりました。

たとえ不慮の事故でも、自分のとらえ方次第で変わるんですね。「過去は変わる」という言葉を聞いたことがありますが、これはまさに、そういうことなのでしょう。

人生は、次々と起こる出来事をどう受けとめるかという選択の連続です。何を選ぶかは自分次第。それに気づいたら、なんとも清々しい気持ちになりました。

明るいほうを見て自由自在に歩いていく。そんな生き方をしたいと思っています。

一番の味方は、私自身

パリに行ったときに出会った観光バスのガイドさんに、「日本人とフランス人の違いはなんだと思いますか?」と尋ねたことがあります。

するとその方は、

「フランスでは、出る杭は打たれない。自分の快楽に忠実だから、人のことにも寛大だ。パン屋はパン屋。役人は役人。靴屋は靴屋。みんなその仕事の中でエンジョイしているから、人と比べない」

と言っていました。

私はすっかり、感服してしまいました。人と比べてどうとか、優劣の感覚がないんですね。

フランスのあちこちのカフェや街角で見かけた、動くシャンソンのような人々の様子が、ありありと思い出されました。

「好きなことをやってお金をもらっちゃ申し訳ない」って言う人がいたけれど、そういう感覚でいると、物事にこだわったり、執着したりすることが少なくなるみたい。

私も新聞が読めて、カフェでコーヒーが飲めれば、それ以上はいらない。昔から〝屋根裏部屋の苦学生〟みたいな暮らしが憧れのスタイルなので、本当にお金がかからないのです。

電車もバスも移動するガラスのお部屋。すてき。本当にそう思っているから、不平不満やストレスがないんだと思います。

財産といえば、丈夫な心と体、そして丈夫な手足。人間の指一本でも同じものを作ろうとしたら何億円かけてもできないとロボット工学の博士が言っていました。

するとは私たちはすごいお金持ちということになります。体は宝物。耳や、指があってうれしい。目もよく見えるし、鼻もにおいをほぼかぎ分けられる。お見事！

たまにしみじみと自分の体のあちこちを眺めて、「実によくできてるなあ。感謝して、大切にしよう」なんて思うんですが、どうしても当たり前すぎて忘れがち。時々気づいたときに、お風呂で「いつも気づかなくてごめんなさい」なんて言いながら、足の指を急にていねいに洗ってあげたりしています。

変化が激しい今のような時代には、人とあれこれ比べて自分にないものばかりを数えても、どんどんブルーになってしまうだけ。人はともかく、自分だけは、自分のことを信じてあげましょう。

そうして、今持っているものに、心からの「ありがとう」を捧げましょう。自分のことを一番信じてあげられるのは、やっぱり〝自分〟なんですもの。

これは、じっさいの場面
ではなくて
イメージの旅ですの…
ときどき行く海辺のホテル
ピアノの曲が
流れて…♪
すると、思い出が
しずかに
きらめきはじめるんです。

Un Coeur reveur
est éternel
SETSUKO
TAMURA

Bon
Courage

お花がわたしか
わたしがお花か
わかりません…

第6章

介護に捧げた6年間

「さすがね！」

父は警察官。母は主婦で、洋裁を少々。建前の父と、本音の母というバランスがはっきりしていました。

父は高鼻長身の英国系紳士で、絶対に人の悪口を言わない人。長いつきあいで本当に一度も聞いたことがありません。言ってほしいときも、誘導尋問に決して引っかかりませんでした。

一方母は、本音100％の人。政治家が話しだすと、ラジオに向かって「嘘ばっかり」と、ひと言ごあいさつ？　そんな母の基本的な性格は、体があちこち不自由になって、介護が必要になってからも、変わりませんでした。

日々少しずつ、「できないこと」が増えていく母を見るのは、時にはつらい気持ちになることだったけれど、母お得意のチャーミングな受け答えに、どれだけ救われたかしれません。

90歳を過ぎて、あちこちの老人ホームにデイサービスのお世話になった母。自分を棚に上げて、「なんかお年寄りばかりでまいっちゃう」と言うので、「でも、スタッフの方たちは若いじゃないの」と励ましたものです。

車椅子で食堂をひと回りして、知った顔があると、顔を寄せて「奥さん、この中でおいしいのはミカンだけよ」と、プレートを指して告げる母。「どうしてそういうこと言うの。作ってくださった方に悪いでしょ」とささやくと、「だって、本当のことだもの」ときっぱり。いつも母は、「栄養なんて計算したっておいしくなきゃね」とぼやいていました。

昔は、もっとおしとやかで上品な「若草物語のお母さんみたいなのがいいわね」と妹たちとささやき合ったものですが、欠点だらけの母は、あちこちでとても人気があり、子どもたちもなんだか次第に認めざるをえなくなっていきました。

目がかすんで、よく見えないと言って入院したときに、「お母さんお母さん、セツコよ、見える?」って何度も言って顔を近づけたら、「見えすぎ!」と一言(笑)。「見える」ではなくて「見えすぎ!」というところが母の面目躍如。お医者さまも吹き出していました。

「おむつを人さまに替えてもらうようになるまで、長生きなんかしたくなかった」と毎日のように嘆くので、「お母さん、自分のことをベルサイユ宮殿に住むお姫さまだと思ってみて。あの人たちはなんでも召使いにやってもらって、『よきにはからえ』って済ましてるのよ」って言ったんです。そしたらニコニコしてご機嫌になりました。

ほっとしていると、翌日もまた同じように愚痴るから、私も同じように返したところ、今度は「だって、あの人たちは子どもの頃から慣れてるからいいのよ」なんて突っ込まれました。さすがです。

「お母さん、よくそこに気づいたわねえ」と、あきれながらほめまくりました。

「ああ、早く死にたい」と言うときは、「そういうことは、自分では決められないものなのよ。ほら、『ケ・セラ・セラ』っていう有名な歌があるじゃない。ケ・セラ・セラ、なるようになる〜♪」って、ケ・セラ・セラをフルコーラスで歌ったりしてね。そうしたら、母も寝たまま歌に合わせて「先のことなど」「わからない〜♪」って一緒に首を振って。

「お母さん、何か歌のリクエストはある？」

「そんなもの、別にないわよ」

そう言われても、片っ端から知っている歌を歌いました。『Over the Rainbow』を歌ったときには「これはいいわね、何か広々としたきれいな景色が見えるわ」なんて言うの。体は不自由になっても、頭ははっきりしているし、感じる心はちゃんとある。そう思ったら、なんだかうれしくなりました。

ベッドにほとんど寝たきりの生活が少しでも楽しくなるように、母の身の回りの物にもひと工夫しました。

デイサービスやショートサービスなどを利用するため、いろいろなところに出かける機会も多かった母に、あるとき、犬のぬいぐるみのショルダーバッグをプレゼントしたんです。

最初は嫌がっていたけれど、どこに行っても「あら、かわいいワンちゃん！お名前はなんていうんですか？」なんて聞かれるから、「なんか知らないんですけど、ピーターっていうんですよ」なんて答えたりして。母もお調子者のところがあるみたいで、ほめられるとやっぱりうれしいのね。ピーターの口は笑い口になっていて、「ピーターはいつも機嫌がいいのよ」と、自慢していました。

母には〝イメルダ夫人〟というあだ名もありました。なぜかというと、「靴が合わない」といつも言って、しょっちゅう靴を買っていたから。

一人で家にいるときに、テレビショッピングで注文するんです。帰ってくると、新しい靴が届いているの。「こないだ買ったやつは、小指が当たる」とか、「ちょっとここが痛い」とか言って、もうしょっちゅう買うの。3000足の靴を持つイメルダ夫人のことを知らなかった母は、なんだかすてきなあだ名らしいと思ったみたいで、喜んでいました。

97歳になって寝たきりになっても、母と通じている感覚はありました。

私は小さなとき、母が目を離した隙に、おむつをしたままどこまでも出かけてしまい、とても心配をかけたそうです。

「庭の垣根の下をもぐって出かけちゃうのよ。洗濯しているあいだに。『大きな十字路の真ん中で固まってました』と、近所の人が連れてきてくれたわ」と聞かされました。

母のお世話をするのは、おむつ時代の恩返しですね。

「年取った自分の母親と、話が通じない」と嘆いている友だちがいたけれど、本当は全部、わかっているのよね。

だからその友だちには、「お母さまは全部わかってるのよ。何があっても、ほめてほめて、ほめまくってあげてね。『さすが！』って言うだけでいいのよ、簡単でしょ？　お母さまがぶつぶつ言い出したら、『さすがだよ、おふくろ！』って、男性もしょっちゅうあいさつ代わりに言えばいいのよ」ってアドバイスしたんです。

私もうちの母が、「私は昔、こうでこうで……」なんて言い始めるとすかさず、「さすがね！」ってほめてあげます。ときどき話がかみ合わなくなっちゃうときもあるけれど、母のことは本当にすごいと思っているのだから、別にそれは嘘の気持ちじゃないの。

「四角く区切ったデザインのセーター、覚えてる？」

「覚えてるわよ。すごい評判だったよね！　お母さん、なんでも作れちゃうんだもん」

「そうよ」

「さすがね」

「うん！」

なんてやりとりを、しょっちゅうしていました。

器用だった母は、ありあわせの布でバッグや小物をささっと作ったり、洋服を仕立てるときも、ちょっとすてきにアレンジしたりするのが上手でした。

また、なんでも工夫するのが好きだった母は、戦後の食糧難の時代にもあれこれ工夫して食べさせてくれました。

甘いおやつなんて、なかなか手に入らなかったあの頃、おからをふかしておまんじゅうみたいな形にした〝おからまんじゅう〟を作ってくれたことがあります。おからだから、別においしくない。でも、よく見ると赤いあんこが入っているの。

「わあ、おまんじゅう！　あんこも入ってる！」

と、みんなで喜んで食べてみたら、本物のあんこではなくて、食紅で染めたおからだった、なんてこともありました。

でも、目に見えるところだけでも楽しませてくれた母の気持ちがとってもうれしかったのです。

「考えてみると、お母さんってすごいわね。4人も子どもを育てて、お料理も物のない時代にいろいろ工夫して、洋裁もできて。本当の意味でキャリアウーマンだと思うわ」

と本心でほめると、まんざらでもない顔で小鼻をぴくつかせてニコニコしていました。

老いた親には、薬よりほめ言葉が効くというのは本当ですね。口先だけじゃなく、本心ならば、ちゃんと届きます。

気分転換のコツ

母は糖尿病を患っていて、入退院を繰り返していました。

ある日、家で転んでこれはいよいよ入院するしかない、となったのですが、母は「絶対に病院は嫌だ」と言い張りました。父は88歳のとき、病院で亡くなったのですが、そのときの経験から、自分は絶対に病院では死にたくない、と思っていたみたいなんです。

いろいろ話し合いましたが、母の意志が固かったので、「OK、じゃあ私が介護をするわ」と言ったのがきっかけで、実家で母の介護をすることになりました。私が68歳のときのことです。

実家のあった地域は福祉サービスが充実していて、週に2回、ヘルパーさんがお手伝いに来てくださいました。

バスタブを持ってきて、しぶる母を入浴させてくださったり。その合間に、「郵便局に行ってきます！」と言って、原宿の仕事場までピュッと出かけたりしていましたね。

ヘルパーさんはすばらしく、一日2時間、とても助かりました。

母も、身内じゃない人に接することで少し緊張する、それがとてもいいのです。ちょっとだけ、よそゆきの態度をとるのがほほえましく、ヘルパーさんも話をよく聞いてくださる聞き上手さんばかり。テキパキ、クールに仕事をこなさない、あまり慣れない奥さま風の方もいらして、それがまた、あたたかい雰囲気になって、今こうして思い返しても感謝の気持ちで胸がいっぱいになります。

私は4人兄弟の長女。次女と長男は結婚して、三女は結婚をしたのち離婚して、再就職をして、通いやすいように原宿で私と一緒に暮らしていたんです。

でも、母の介護のために私は実家で暮らすようになったから、ときどき原宿の仕事場に行ったときに妹と顔を合わせるという感じになりました。

あるとき、妹と道を歩いていると、ちょっと変な歩き方をしていることに気づきました。「靴の具合がおかしいの？」と聞いたら、「べつに」。そう聞いてなんだかおかしいと思った私は、すぐに彼女を病院に連れて行きました。でも、その場では原因はわかりませんでした。

妹が自分で調べてみたところ、どうも症状がパーキンソン病に近いのです。いくつか病院を転々として、入院したりもしたのですが、結局、実家に引き取って、母と一緒に私が妹の世話も引き受けることにしました。

二人の介護をしやすいように、右の部屋には母、左の部屋には妹、真ん中に私が寝るようにベッドを置きました。

妹は神経の病だったから、とにかく四六時中私のことを呼ぶのです。「枕が合わないから5センチずらして」とか、「腕の位置をずらして」とか。決してわがままで言っているのではないんです、本当に痛くてつらいの。

同様に、母からもトイレや身体の痛みなどを訴える声がかかるので、夜もぐっすりは眠れず、いつも睡眠は2時間くらいでストップ。そんな生活が6年間続きました。

当時まわりの人には、「あなたも倒れますよ」「ずいぶんくたびれた顔をしてるわよ」なんて心配されました。でも自分では全然気づかずに、自分のことはすっかり忘れ、母や妹に集中していた6年間でした。

「介護はつらいものだ」ってみんな言うでしょ。「家で看るなんてとんでもない！」って。母や妹がそれを望んだ、というのも大きな理由の一つだけれど、みんながつらいつらい、と言うから、逆に私は介護に興味をもったんですね。やってみたい、って。

それに、実際にやってみて、私って意外と介護に向いていると思ったのが発見でした。

今は紙おむつも進化していて、消臭もしっかりしてくれます。おむつを触って温かいと、

「うわあ、生きてる証拠ね」

うんちがいっぱい出たときは、母に

「ほら、出たわよ。よかったわね」

と、見せてあげたり。逆に詰まっているときは、薄い医療用の手袋をつけて指でほじり出して、

「うわあ、腸が動いてる！　もうすぐきれいになるわよ。さっぱりした？」

と聞いて。ヘルパーさんにも協力していただいて。母や妹の気持ちがいいと、

こっちも気分がいいのね。

うんちやおしっこって、元は食べ物だったんですものね。そう考えると汚いものではないんです。介護施設で働く若い人が、一生懸命下のお世話をしているのなんかみると、思わず「ご苦労さまです」と声をかけて心の中でVサインしています。

介護を通して、本当にいろいろなことを学びました。

一つはやっぱり、上手な気分転換の方法。気分転換は、時間ができたときにたっぷりまとめてではなく、〝小刻み〟がいいんです。

夜食を作りながらのほんのちょびっとのワインだったり、ちょっと用事を済ませるために電車やバスに乗ったり。そんなひと時がすばらしいの。

電車って、まるでガラス張りのお部屋だなあって思いませんか？　混雑していても、心の中でそのイメージさえ持てれば全然気にならない。実家のあった場所から都心に出るには、結構長い時間、電車に乗らなければなりません。人によっては、それを不便と思うかもしれない。でも私は、ただ電車に乗っているだけで、風景が次々と変わっていくのがまるで楽園みたいだと思って、気持ちよかったんです。

バス停から家までの帰り道、木の枝の間に夜空の星が見えて、まるで木に星が咲いているみたいでした。木の下には野良猫、見上げれば星空。そんななんでもない景色がなぐさめになるのね。覚えたての歌を口ずさんで帰れば、それだけですっかり元気になれました。

母はテレビを大音量でずっとつけっぱなしにしている人でしたが、おむつを替えながら、ふだん見る機会のない夜中の旅番組に見とれてしまったり、ラジオ、テレビからふと聞こえてくるすてきなフレーズが心に飛び込んできたりして、それだけでうれしい。「大きな音でうるさいな」と思ってしまったら、イライラするだけでしょ？

一見つまらないようなささいなこと、たとえばシンクの汚れに重曹湿布をして出かけて、帰ってきたらきれいに汚れがとれている。そんなことにも「わあ！」って喜びを感じられるようになると、そのたびに疲れが消えていくんです。

コツは〝気づくこと〟かしら。

同じ出来事でも、嫌な面や不便なところを探そうと思ったらいくらだって見つかるけれど、そういう面ではなくて、明るいほう、美しいほうに意識を向けるんです。

水道のお水だって指で触っていると、全身の細胞が目覚めるようでいい気持ち。うっとりです。

水のちから

水の流れる音を聞いたり、キラキラ日の光に揺れる水面を見つめていたりするのが、昔から大好きです。

日本には「水に流す」という慣用句があるけれど、水にはやっぱり、浄化作用のようなものがあるんじゃないかしら。

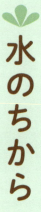

母の介護をしていたときのこと。ある日の昼食に、トマトを入れたスープを作ったのですが、母は「トマトは生で食べるのがいいのよ」と言って、そのスープを食べてくれませんでした。

せっかく作ったのに気に入らないんだ……。そう思ったら、なんだかとても悲しくなってしまって。けれどもすぐに、「これは私が夜に食べればいいか」と思い直して、食器洗いを始めたんです。そうしたら、不思議と気分がさっぱりしました。

そのさっぱりとした気分で、「好みじゃないものを作って、ごめんなさい」と言うと、母も「悪かったね」と言ってくれました。

悲しい気持ちをいったん脇に置いて食器洗いをしたことで、一瞬ぎくしゃくした母との関係もリセットできたのです。おかげで、お互いに気まずい雰囲気を引きずらずに済みました。

水には、不思議なパワーがあると思います。

私はいつも、小さなスプレーボトルにお水を入れて、机の上や枕元に常備しています。額にシュッとかけると、ひんやりして、一瞬にして気持ちが落ち着きます。

毎日新しいお水に入れ替えていますが、飲むわけではないから、ミネラルウォーターでなくてもかまいません。水道水で十分。安上がりでしょう?

こんな身近なものでも、上手に使えば、心強い味方になってくれます。

虹のハードル

母と妹の介護に明け暮れていた6年間。毎日をなんとか乗り切っていた私を、いつも励ましてくれたのは、いろいろな友人と作家の萩原葉子さんでした。ご著書の『ひとりぼっちの思春期』（ポプラ社・1997年）に挿絵を描かせていただいたのがご縁で、時々お目にかかるようになった葉子さんは、当時、黒猫と一緒に一人暮らしをされていました。梅ヶ丘のとあるバーに、日用品を詰め込んだキャリーバッグを置いていらして、帰りはまた、それをガラガラと引っ張って帰られるんです。

慌ただしい小田急線の往復の合間に、ちょっと息抜きにバーに立ち寄ると、決まってそこには葉子さんがいらっしゃいました。

私の顔を見ると、「満足、満足！」と、本当にうれしそうなお顔で手をたたかれるの。少女のようにかわいらしい方でしょう？

葉子さんのお父さまは、あの天才詩人・萩原朔太郎氏。ご両親は離婚し、葉子さんは、幼い頃から大変なご苦労を重ねてきたそうです（『蕁麻《いらくさ》の家』萩原葉子著、講談社刊に詳しく書かれています）。

複雑な家庭環境を乗り越え、ご自身も結婚と離婚を経験された葉子さんは、当時の私がそうだったように、お母さまと妹さんの世話に追われる日々も経験されていました。

私が思わず気弱なことを口にすると、いつも、「私も同じ！」と力強く励まして、手をきつく握ってくださいました。当時の私にとって、ただただ、そばで話を聞いてくださり、ご自身の経験をありのままに話してくださった葉子さんの存在は、どれだけありがたかったかしれません。

葉子さんは私より一回り以上、年上の方ですけれども、なんて言うのかしら、魂が『不思議の国のアリス』みたいな、とってもヴィヴィッドな方なんです。

ありのままに生き、ありのままを見せるその潔い生き方に、私は大きな勇気をもらいました。

ある夜、いつものようにバーのカウンターで束の間の自由な時間を楽しんでいたときのこと。そばにいらした葉子さんが耳元で「運動しなきゃだめよ」っておっしゃるの。

「でもこう暑いと、体動かすの億劫になりますよね」

と、うっかりお答えしたら、

「あら、そういうときこそ運動しなきゃ」

と葉子さん。「これ読んで」とくださったのは、『明日の友』（婦人之友社）という雑誌でした。

葉子さんはそこに、「楽は鬼門」という題のエッセイを書かれていました。「疲れているから楽をしたい、と思うときこそ魔物のうれしい出番である」と書かれています。魔物とは〝老い〟のことです。

魔物のやってくる年代は、その人によって違い、早い人は40代、遅い人は90代でもまだ来ない人もいる。それはその人の生き方1つで差がつくのである、とあります。

葉子さんの日常は、午前中から夕方まで一日の80％は机に向かい、残る20％はオブジェの製作とダンスのレッスン。掃除や洗濯、料理、買い物、来客などの現実もあるけれど、さらに欲張って、ギターやマンドリン、乗馬もやってみたいと思っている、ということなどが書かれています。

私は思わずひえーっと心の中で叫び、と同時に背筋をピンと伸ばしました。すべてを真似することはとてもできませんが、とても清々しい気分になったのです。

疲れを癒す、というと、ふつう肩の力を抜いて心を楽に、静かに安らかにという気になりますが、葉子さんの自分を甘やかさない厳しいコントロール法は、逆にとても新鮮に思えたのでした。

そんな葉子さんが亡くなられたのは、2005年のこと。84歳でした。

私の好きな歌、『Over the Rainbow』は、ジュディ・ガーランドがドロシー役で主演した『オズの魔法使』という映画の中で歌われる名曲です。

私は若い頃からこの歌が好きで、よく家でCDをかけたり、自分でも口ずさんだりするのですが、この歌詞の本当の意味がわかってきたのは、ずっと後のことです。

若い頃は、ロマンチックな美しい虹しか思い浮かばなかったこの歌詞。でも本当は、虹って自分が越えていこうと思うハードルのことなんだ、と今は思うんです。あの小さな青い鳥のように、虹のハードルを飛び越えていきたい。

一人暮らしで、ずっとお仕事を続けられ、近しい肉親のお世話をした経験を持ち、なおかつ自分の趣味や好きなことにひたむきで、いつも好奇心を失わなかった葉子さん。〝出発に年齢はないこと〟をそのまま実践なさっているその生き方は、私の憧れでもありました。

天才詩人・萩原朔太郎の長女として生まれ、特殊な家庭環境の中で苦しみと痛みを負い、やがてそこから全力で抜け出し、作家となり、ダンスを習い、見事に花咲き乱れる明るい場所へたどり着いた葉子さん。

葉子さんは、美しい虹のハードルをたくさんたくさん飛び越えていった、冒険好きなアリスだったんだと思います。

ALICE'S
ADVENTURES
UNDER
GROUND
ALICE
BY
LEWIS
CARROLL

二人の最期

母は以前から、死が近づいたときには「絶対に救急車を呼ばないでほしい」と私に言っていました。母のおしっこが出なくなったとき、ああ、いよいよ今晩逝くのかもしれない、と覚悟しました。

主治医の先生が往診にいらして点滴を打ってくださり、「何か変化があったら連絡をください」と言われましたが、私は母との約束どおり、連絡しませんでした。その代わりに、賛美歌のＣＤを流して、母の手をずっと握っていました。母はその夜、にっこりと微笑んだ後、眠るように静かに息を引き取りました。享年97歳、２０１１年12月のことでした。

妹が、母の部屋の柱のところに立ったまま、「お母さん……」と小さく泣くようにつぶやいた声が、今も耳に残っています。

冷房嫌いだった妹は、異常な熱さが続いたその翌年、熱中症になってしまいました。入退院と転院を繰り返していた妹は、最後は鼻からチューブを入れていたのですが、いよいよ体力がなくなってきて、胃に穴を開けて胃ろうを作り、そこから栄養をとらなければならない、という話になりました。

けれども妹は鼻チューブをとても嫌がり、「苦しいから管を抜いてほしい」と訴えるのです。その姿を見るのは、とてもつらいものでした。

私は毎日病院に通っていましたが、「血圧が下がってしまった」と病院から緊急の呼び出しがかかったときに、一大決心をして、「どんなリスクがあっても、胃に穴を開けるのはやめてください」とお願いしました。そうして管も抜いてもらい、酸素マスクだけの状態にしてもらいました。

その日はずっと、妹と一緒にいました。「おやすみ」と声をかけたら、はっきりとした声で、「おやすみなさい」と言って、妹はその日、息を引き取りました。2012年6月のことでした。

妹が危篤だという病院の電話に呼び出されたときに、池袋コミュニティカレッジの生徒さんが、一緒に途中まで歩いてくださったんです。

「セツコ先生、人が死ぬのは、悲しいことじゃない。体から魂が離れて、自由に解放されるんですよ。妹さんは、光あふれる美しい場所に行けるんです」

もう痛くない。苦しくない世界へ解放されるのね。

〝解放される〟――。この言葉はスーッと私の胸に入り、「それならうれしいわ、ありがとう」。心からお礼を言いました。

ふと、ずいぶん昔、当時入院中だった父のお見舞いの帰りに立ち話をした、ある女性のことを思い出しました。当時、その方のご主人は重篤な病で、私の父と同じ病院に入院していました。

「もう思い詰めて、命とか魂とか、そんなことばかり考えていました。そんなとき、チベットの人々の暮らしと考え方を、ふとしたことから知ったんです」と、彼女は言いました。

人は死んでも、生まれ変わることができる。〝死〟とは、単に肉体、つまり魂の容れ物、衣服が古くなるようなもの。魂は自由に軽々と、飛ぶように生き続ける。衣服は、新しく着替えることができる。そして、この世で恋人であった人が、今度は自分の子どもとして生まれてくることもある。人間には計り知れない不思議なことが、この世にはたくさんある。だから、死はちっとも恐ろしいことではない。死にゆく人には、熱い心で「じゃあ、またね」とあいさつすればよい。なぜなら、死とは、一つの扉を閉めて、また新しい別の扉を開けるようなものなのだから……。

私は、特定の宗教は持っていませんが、〝魂は不滅〟ということは信じています。年を重ね、愛する人たちを見送る体験を何度もしてから、ますますそう感じるようになりました。

母と妹の介護に捧げた6年間。長かったようで、振り返ればあっという間の年月でした。泣いたり笑ったり、苦しいこともちろんたくさんあったけれど、不器用なかたわら、妹や弟の応援に助けられ、やれることはやらせてもらいました。二人の最期を看取れて本当に幸せでした。いっぱい守ってもらったのは私のほうだと、つくづく思っています。

立て続けに二人を亡くして、悲しみに暮れて何も手につかないかもしれない、と思ったけれど、なんだか急に仕事が忙しくなり、立ち止まってはいられなくなりました。

求められるままに仕事に没頭しているうちに、いつしか悲しみは和らぎ、代わりにあたたかな灯火のようなものが心にポッと灯ったような気がします。もしかしたらこれも、亡き母と妹の、粋な計らいなのかもしれません。

「もう心配しなくていいからね。解放してあげる!!」

妹のいたずらっぽい笑顔が、そよ風の中で揺れています。

Believe
SETSUKO TAMURA

第7章

私の仕事

スミレの花束

以前、長くプロのサッカー選手として活躍されている三浦知良さんは、旅先にも専任のトレーナーを連れて行く、という話を聞いたことがあります。そうか、やっぱりプロはすごいなあ、心がけが違う！　と感心したのですが、ふとそのとき、「そうか、私自身が私のトレーナーになればいいんだ！」って思いついたんです。

つまり、自分の中にもう一人の自分を作って、励ましたり、ちょっと客観的にアドバイスをしたり、そういう存在が必要だということ。自分自身が美容師さんで、お医者さんで、マネージャーで……というふうに、なんでも自前でまかなって、まったく別の役柄を演じるように、他者の視点から自分で自分を励ますんです。ね、ちょっと楽しそうでしょう？

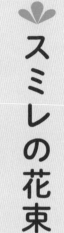

人間、大事なのは〝その気になること〟だと思うんです。

この〝その気〟こそが、人生の分かれ道なのではないかしら。その気にさえなれば、すばらしいヒントがシャワーのように降りそそぐものなんです。


私の大好きな作家・森茉莉《まり》さんも、〝その気になる〟名人です。茉莉さんは、下北沢の質素なアパートに住んでいても、そこを大好きなパリのアパルトマンのようにイメージして、うっとりと暮らしました。〝夢見る力〟は無敵です。

ジャムの瓶や、アネモネの花、お気に入りの石けんの香り、チョコレート、紙と鉛筆。ベッドの中で、夢と現実の混ざり合ったうす灯りに包まれて、思いは自由に羽ばたいていきます。


昔、私がまだ駆け出しの新人だった頃のこと。

その日、雑誌社の部屋で、大至急、描かなければならない仕事ができました。私は仕事にとりかかる前に近くの花屋さんに立ち寄り、大急ぎで小さなスミレの花束を買いました。早速コップに生けて、仕事開始です。

すると、いつのまにか編集部の方々がニコニコしながら私を囲んで、ささやき合っているのです。「心がけが違いますね」と言って。

〝心がけ〟なんて、思ってもみませんでした。注文どおりのかわいいカットが描けますように、ただそれだけを考えて必死だったのです。可憐なスミレの花束に、知らず知らずのうちにそんな願いを託していたのかもしれません。ひみつのおまじないかしら。

忙しい毎日に流されて、ふと気持ちがせわしなくなったり、緩んできたとき、決まってあのときのスミレの花束を思い出すのです。

あの日、自分で自分に贈ったスミレの花束。それは、狭い殺風景な編集部の机を、私だけのひみつのアトリエに変えてくれました。

「すてきな絵を描きたい」という願いを込めたあのスミレの花束は、私を〝その気〟にさせて奮い立たせる、ちょっとしたお守りだったのかもしれません。

チャンスを掴む準備

下積み経験がほとんどなかった私。駆け出しの頃から、挿絵界の大御所・松本かつぢ先生のつてで、すぐに小学館や講談社、集英社などの顔なじみの編集者が声をかけてくれました。

姉弟子の上田トシコ先生は、当時、いくつもの出版社で大々的にお仕事をされていて、絶大な人気を博していた女王さまのような方。原稿を届けに編集部に行くと、上座にトシコ先生がいらっしゃって、「お、セッちゃん！　大丈夫？　元気？」なんて気軽に声をかけてくださるので、だんだんと編集部内の顔見知りが増えていきました。

のちに『りぼん』（集英社）で巻頭ページを一緒に作ることになる編集者のNさんも、としこ先生にご紹介いただいた方の一人です。

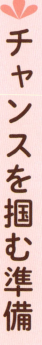

でも、ラッキーだったのはそこまで。かわいい女の子の絵が描きたいと思って飛び込んだ雑誌の世界でしたが、いくらかつぢ先生のご紹介があったとはいえ、無名の新人に、すぐに仕事が回ってくるわけはありません。

ページのすきまを埋めるための絵を〝捨てカット〟などと呼びますが、私に回ってきたのは、ほとんどがそういう仕事。それでも私は、捨てカットだろうとなんだろうと、仕事をいただいたら「わあ、うれしい！」とはりきって、1つ頼まれたものを10個も描いて提出したりしていました。

どんな仕事も、基本的に断ったことはありません。頼まれたものを、締め切りに間に合わせるのが大原則。小さな仕事でも喜んで取り組み、出前迅速。できたらすぐに編集部にお届けする便利屋さんでした。

そうやって編集部に顔を出すうちに、「うちにも帰りに寄っていって」と声をかけられたりして、細かいカットの仕事はどんどん増えていきました。「松本かつぢ先生の紹介なんだから、ご迷惑がかかってはいけない」。とにかくその一心でした。

ある夜遅く、出版社の受付に原稿を届けに行くと、階段を下りてきた人たちに「セッちゃん、何やってるの？　今日はクリスマスイブだよ」なんてあきれられたこともありましたっけ。クリスマスもお正月も関係ない日々。

専門的な美術学校も出ていなくて、印刷のこともよく知らなかった私は、仕事をするようになってからも、内心いつも「これでいいのかな」と不安に思っていました。10回に1回くらい「よく描けたかな」と思える程度で、たいていはプロとしての自信が持てず、劣等感でいっぱいでした。

ある日、夕方4時に約束をしたので編集部に行ってみると、「あら、○○さんはもう帰りましたよ」と言われたり……。描き直しを命じられることも多かったし、時には「こんなもの！　ちょっと！」と突っぱねられて、「描き直してきます」「そうしてちょうだい」なんて冷たくあしらわれることもありました。

そういう扱いって、それまでの人生で受けたことがなかったから。結局、学校や銀行という組織の中で守られていたんですよね。初めてそこから飛び出してみたら、世間は北風ぴゅーぴゅー、寄りかかれる柱もない。心細かったです。

19歳で仕事を始めて、最初の2年はお財布はからっぽ。

「お母さん、今月は○円貸してください。出世払いでお願い！」なんて、母に借金していたものです。そうかと思うと、いきなりどさっと仕事が来て、寝る時間もないほど忙しくなったり……。そんな不安定な日々の中で、私はすっかりやせ細ってしまいました。

やつれにやつれて、神保町の交差点で思わずポロリと涙を流したら、救世軍のお姉さんに肩をたたかれたこともありましたっけ。

当時、お金はなかったけれど時間だけはたっぷりあったので、よく名画座でフランス映画の3本立てを見たり、神保町の古本屋街の洋書のお店をのぞいたりしていました。『マリ・クレール』『エル』、当時のお金で150円くらいだったかしら。珈琲1杯が150円の時代でした。

捨てカットの原稿料は安いし、編集部に行くには交通費もかかります。ケント紙を買ったら赤字になってしまうくらい、いつもスリリングでした。

だから、洋書を買うときは、ものすごーくチェックして1冊だけ買うの。レイアウトがしゃれていて、なるべく写真がいっぱい入っているのを選んで。家に帰ると、気に入ったページを破いて、スクラップブックを作っていました。

以前、サイン会でお会いした昔からの読者の方に、「セツコ先生の絵は、タイトルが斜めに入っていたり、フレッシュな感じがしておしゃれでした」なんて言われたことがあります。

古本で、洋雑誌をたくさん見ていた影響かもしれません。

実家から神保町までバスを乗り継ぎ、夜もひたすら歩いて、出版社の夜間受付に届けて。そんなことを、なんともないと思ってやっていました。

でも、帰り道、電車の窓ガラスに映ったやつれた自分の顔を見て、「これがいわゆる〝苦労〟というものね。でも、このみじめな自分は誰？　やせてみっともない。これはなんとかしてあげないといけないわ」と初めて思いました。

ボツが多いと、寝ないでその日のうちに直して持って行ったりする生活です。眠らないから、どんどんやせてしまうのです。疲れ果てている、みじめな自分。

そんな毎日でも、親の反対を押しきって始めた画業ですから、母に「どうだった？」と聞かれれば、「うん！　うまくいった！」と明るく答えていました。

いいかげんなことをして、紹介してくださったかつぢ先生に迷惑をかけちゃいけない、誰かが私に「やりなさい」と言ったわけでもない、自分が勝手に決めたこと。誰のせいでもないのだから、甘えられない。

その思いで、我慢できたのだと思います。

細かいカットの仕事ばかりしていたそんなある日。『少女クラブ』（現・講談社）のユーモア小説の挿絵を描いていた方が、急病で倒れてしまうという緊急事態が起こりました。「明日の朝10時までに描いてくれないとページが空いちゃう！」と言われて、私はすぐに「やります！」と返事をしたの。無我夢中でした。

そうして、初めてモノや捨てカットではない、かわいい女の子の顔を描かせてもらったんです。

雑誌に私の絵が掲載されると、それを見たいろいろな出版社の方から実家に速達が届いて、「『少女クラブ』みたいに、かわいい女の子の絵をお願いします」

と、あっという間に同じような挿絵の仕事が増えていきました。

依頼はもちろん、全部引き受けました。

雑誌によってサイズも内容も、使える色数も違うでしょう？　そんなとき、フランスの雑誌で見たさまざまなレイアウトがとても役に立ちました。タイトルが斜めだったり、人物が横になっていたり、これぞおしゃれなフランス風！　当時の日本の雑誌にはない斬新なレイアウト。フランス雑誌のように、２色ページで１カ所だけちょっと刺激的に赤を使う、なんてこともやってみたりしましたね。

その抑えたおしゃれっぽさが雑誌にマッチして、ＯＫが出ることもあったけれど、「２色ページなのにもったいないから、もっと赤を使って！　派手にしてよ！」なんて言われることも。そんなときは、もちろん注文に応えます。歩み寄るのね。

私の仕事人生の転機となったのは、やっぱり、ピンチヒッターで『少女クラブ』のユーモア小説の挿絵を描いたことなんですけど、今思うと、ずーっとそのチャンスをつかむための準備体操をやっていたのかもしれません。

1の依頼に10で返す、締め切りと時間はきっちり守る、ニコニコ笑顔で。常に勉強を怠らない。一つひとつはそんなに特別なことではないけれど、これは案外、どんなお仕事でも、商売繁盛（？）のコツかもしれませんね。

心ときめく〝ひらめきノート〟

私には、小学生の頃からずっと書き続けているノートがあります。その名も〝ひらめきノート〟です。

初めのうちは、言ってみれば〝その日の出来事正直編〟でした。でも何冊か書き続けていくうちに、たんに過去を懐かしんだり、感傷的になったりするのではなく、今の自分にヒントを与え、勇気づけてくれるものにしたい。そんな気持ちから、だんだん、その日の出来事を日記風に記録するだけでなく、いろいろなことをメモするようになりました。

たとえば、小説の中の気に入ったフレーズとか、ピンときた広告のキャッチコピー、哲学書や童話の一節など……。人々の会話から。ラジオから。テレビから。新聞から。心惹かれたものを書き留めるのです。

そんなひらめきノートが、今ではいっぱいに。なんだか疲れたなあと感じたときに取り出してはパラパラめくっていると、「あのときはまだ幼かったわね、ふふ」と笑ったり、「ちょっとは成長したかしら？　うんうん、ＯＫ！」という気分になったりするんです。

ノートを見返すことで、書き留めたときのときめきがよみがえって、再び楽しい気分になり、心がリフレッシュする。そんな効果があります。

メモを取り続けているというと、「努力家ね」なんて言われることもあるけれど、そうではなくて、たんに〝好き〟で〝楽しい〟から。だからこんなに続くんだと思います。

ひらめきノートは年間何冊にもなります。役目を終えたものはカラフルなリボンやテープで結び、大きな船旅用のトランクの中におさめています。つけ方もいろいろ、内容もまちまち。あるときはふっとラジオから聞こえてきた気になるひと言を書き留めたり、またあるときは、感動した展覧会のチケットの半券を貼りつけてあったり……。私にとって、ひらめきノートは、仕事や生活に役立つ実用的なものではなく、心をときめかせてくれるものがいっぱい詰まった、ひみつの宝箱的な存在なのです。
その時々の楽しい気分が逃げないうちに書き留め、昆虫採集するようにぺたぺたと貼りつけているのです。できることなら、そのときの風景や光の具合、音なんかもそのままメモできたらすてき。ページを開くと、ふわっとその日の風がそよいでくるような……。

私の関心は、ずいぶん前から、「ごきげんうるわしく日々を過ごすにはどうしたらいいかしら？」ということ。こんなにあらゆる分野の情報がいっぱいあふれている現代、右から左に流され消えていってしまう膨大なヒントの中から、お気に入りの〝何か〟、落ち込んでいるときに励まされる〝何か〟をピックアップして、いつも身の回りに置き、ビタミン剤のように活用していく――。そのための道具が、私にとってはひらめきノートなんだと思います。

ときめくものは、人によって異なるから、実に個人的なところがおもしろいと思います。

一人暮らしのおばあさんにとって、こんなに頼りになる親友兼相棒は、ちょっとなかなか見つからないんじゃないかしらと思います。

favorite things
ALICE in wondor
Diary
Le Pettit Prince

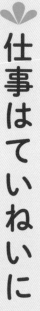

仕事はていねいに

フリーランスのイラストレーターなので、仕事柄、いろいろな編集部に出入りするでしょう？　そうすると、各出版社の特徴や、編集者のことがよく見えてくるのがおもしろいんです。

〝大物〟といわれる人ほど、どんな相手にも対応や物腰がていねいなんだって、しみじみ感じるようになりました。相手によって態度を変えたり、えらそうにする人は、たいてい小人物だったわね（笑）。

昔は、一生懸命時間のやりくりをして駆けつけても、先方はすっかり忘れていてすっぽかされたり、大幅に遅刻されて待ちぼうけなんてことも。編集者って本当に忙しい仕事だから、約束の時間がたびたび変更になることは、よくありました。

そんな中、記憶に残っているのは、当時『女学生の友』（小学館）という雑誌の副編集長をされていた永井路子さん。のちに直木賞をとられ、今では歴史小説家となってご活躍されていますが、編集者としても大変有能な方でした。

あるとき永井さんとお約束をしていて、彼女が急な用事で外出されたことがあったんです。今みたいに携帯電話もない時代だし、事前に私に連絡する方法がない。当然、私は知らずに出版社まで足を運びますよね。すると、受付に「田村セツコ様」と書かれた封筒が預けられていて、仕事の指定紙とともに、きれいな筆跡のお手紙が添えられていたんです。そこには、急用ができてしまったことを詫びる言葉が書かれていました。

新人だった私は、それをいただいて本当に感動しました。その美しい筆跡と率直で心優しい文面を、今も忘れることができません。

それからは、私もお会いした後なるべく素早く、取材にいらした方や、打ち合わせした方へのお礼状を書くように心がけています。

おすすめなのは、気に入った絵葉書なんかを常に持ち歩くこと。そうすると、ちょっとしたすきま時間に入ったカフェで、ささっと書くことができるでしょう？ カフェでお手紙を書くのも好き。書いている人を見るのも好きです。

今はメールもあるけれど、葉書に書いていると、相手の方とお話をしているような気持ちになって、私も楽しいのね。


葉書や手紙は、基本は率直に、ユーモアを取り入れて。目上の方など相手によっては礼儀正しく。キャラに合わせて楽しく書き分けています。

ポイントは、その方に話しかけているように書くこと。一番伝えたいことを最初に書いて、要点をまとめるのも大切です。時候のあいさつや決まり文句は、ほどほどにね。

容姿の美しさって、どうしても年を重ねると変化するでしょう。でも、ていねいな所作や物腰、やさしい心遣いというのは、いくつになっても、変わらず魅力的なものだと思います。

〝ていねい〟は、自分で自分を教育して、磨いていけるもの。そしてそれは、自分の魅力をやわらかく彩り、輝かせてくれるものだと思います。

あいまいから広がる世界

仕事を通して学んだことはたくさんあるけれど、〝専門家に任せる〟〝なんでも自分が、と思わない〟というのも、その一つです。

少女雑誌の挿絵からスタートした私の仕事は、描いた絵を印刷して、本の形にしてもらって、やっと読者の方の目に触れる機会を得ます。

どんなに腕のいい職人さんがいたとしても、原画と印刷物は１００％同じにはならない、ということを新人の頃からさんざん経験してきました。

だから、私は原画を印刷所に預けたら、ほとんど口を挟みません。原画が絶対、とは全然思っていないのね。実は原画よりよくなっていることもしばしばあるの（笑）。

それに、一冊の本が読者の手元に届くまでには、本当にいくつもの複雑で特殊な工程があって、どんなにがんばっても、私一人ではできません。

絵が載るときに、画家としてクレジットされる名前は〝田村セツコ〟だけれど、それが実現するためには、編集の人がいて、デザイナーさんがいて、印刷所の人がいて、それを売ってくれる本屋さんがいて……と、本当にたくさんの方の力が必要なんです。みんな対等、プロ同士がお互いに力を出し合うからこそできること。だから、私は現場の人たちを心から尊敬しています。

相手の力を信じて、委ねるというか、お任せするのが好き。絵を渡して「よろしくね！」ってお願いするときには、本当に清々しい気持ちになります。絵が旅立つような感じで、スリリングなの。「楽しみにしています」って私はよく言いますが、毎回、新鮮な気持ちでそう思うんです。

仕事だけに限らず、日常的なあれこれについても、私には〝こだわる〟ということがほとんどありません。むしろ、〝あいまい〟でもいいかなと思っているの。あいまいから広がる世界もいっぱいあるみたいです。

車のハンドルも、かたいハンドルとやわらかいあそびのあるハンドルだったら、かたいハンドルのほうが危ないでしょう？

あるお医者さまがおっしゃっていました。毛糸がからまってしまったら、無理に引っ張ったりせずに、まずは手でふわっふわにゆるめてからほぐすと、からまりがとれやすくなるそう。

それと同じ。真面目で堅苦しくしてばかりでは、眉間にしわが寄ってしまいます。体の蝶番《ちょうつがい》をしめつけている感じで、リンパの流れにもよくないんじゃないかしら。

人にも自分にもやさしい〝お任せ〟は、人間関係をスムーズにして、まわりも自分もふわっふわにほぐしてくれる、とっておきの魔法かもしれません。

一歩引いてみる

いろいろな方とお仕事をする中で、さまざまな困ったことやトラブルに出くわすこともありました。

そんなときは、「わかったわ。よく考えてみる」とか、「いずれ検討してみるわね」と言って、自分の中の〝もう一人の私〟にいったん手渡すんです。するとそのもう一人の私が、第三者的な立場からいろいろと意見を言ってくれるの。

「この人は自分のことには寛大なのに、クレームをつけるのがうまいなあ。きっと日頃のうっぷんの発散を求めているんじゃないの。幸せな人は、人には意地悪をしないもの。苦労されているのね、きっと」

なんて思って、やり過ごします。すぐにカッカせず、いったんもう一人の自分に考えさせて、嫌な人や嫌な気分に巻き込まれず、ちょっと距離を置いてその出来事をとらえてみる、っていうのがいいみたい。

たとえば、ちょっとしたことでクレームをつけられたりするとめげるけれど、そこはぐっとこらえて、「おかげさまで抵抗力がつきました」と思うことにするんです。

困ったときほど、脳細胞が働くとか喜ぶっていうじゃない？　だから、すっごく困ったことがあると、「あー、こんなに困ったことが起きて、さぞかし脳が喜んでいることでしょう。ありがたいわねえ」なんて思ってみます。「よし、脳を強くするチャンス到来！」って。

ちょっと好きになれない人に出会ったときは、その人の子ども時代の顔を想像してみることにしています。

すると、まぶしそうに眉をしかめた照れくさそうな表情や、ぷいと横を向いたけれど、こっちを気にしているいたずらっぽい表情なんかが浮かんできて、「わあ、かわいい」。とたんに頬が緩んでくるの。そうすれば、カチンとくる態度をとられても、にっこり笑って許すことができるんです。「はい、わかりました。いい子ちゃんね」なんて気持ちになるじゃない？　あんまり想像力をふくらませすぎて、思わず頭をなでたりしないように気をつけています。

長い移動の電車の中や、たいくつな会合の席では、ずらりと並んだ人の顔に、端から順に若返り術をほどこしちゃいます。これはとっても楽しいひと時。厚く重ねた歴史の皮膚を一枚一枚はがしていき、だんだん、やわらかなバラ色の肌に戻し、ぽよぽよの産毛をはやしてあげましょう。やんちゃな、わんぱくな時代から、ついに赤ちゃん時代まで想像できたなら、あなたはすでに達人の域に達していますよ。

なにごとも
大らかに 受けとめる
ように、と
言われました。
たしかに。
すてきな人って
心が広いみたい。

姿勢よく、謙虚であれ

私の父と母は、大崎で出会いました。父は警察官、母は洋装店で働いていて、巡回中に出会ったそうです。ちょっとロマンティックでしょう?

父のお母さん（つまり私の祖母）は、父が小学4年生のときに結核で亡くなりました。みんなに愛される人だったというお母さんが、大好きだった父。どんなにさみしかったことでしょう。そのときのつらい経験から、「どんなにやさしい人でも、体が弱くて不健康ではまわりの人が悲しむことになる」と父は思ったそうです。だから、「結婚するなら健康な人を」という思いが人一倍強かったみたい。

母は、笑うと歯が真っ白で、足もどーんと太くて、のびのびした健康美のある人でした。そんな母を、父は一目で気に入ったのだそうです。

超フェミニストの父は、読書と散歩が好きな寡黙な人で、まさに〝英国紳士〟といった風情の人。漱石全集やロマン・ロランなんかを愛読していました。趣味で絵も描いていて、休みの日には、私たち兄弟を美術館にも連れて行ってくれました。私が画家に憧れたのも、幼い頃から芸術に触れる機会を与えてくれた、父の影響が大きかったのかもしれません。

父は、とにかく真面目で実直な人。のちに警察署長を務めるようになると、方々から付け届けなんか届いたりしたんだけれど、父はいっさい受け取りません。母はため息「せっかくなのに……」と言っていましたが（笑）。

まるで、真面目が服を着て歩いてる、みたいな感じで、「李下に冠を正さず」（人に疑われるようなことは避ける）という言葉を教えてくれました。

その一方で、誰とでも分け隔てなく接する心の広い人でもありました。その血を引いたのか、私も子どもの頃から、優等生グループと、困ったちゃんグループの両方と仲良くなっていました。

今でも一風変わった人と出会うことが多い私に、首をかしげる人もいるけれど、世間体を気にして表面的なおつきあいをするより、よっぽどおもしろい学びがあると思っています。

時には変わった人に「あらら」と思うこともあるけれど、世の中いろんな人がいるなあ、って。その多様性がある意味、贅沢だと思うんです。それに風変りな人って、風が変わっておもしろいんですよね。

そんな父の教えの中で、今でもたびたび思い出すことがあります。

それは〝姿勢よく〟と〝謙虚であれ〟ということ。

ほかの細かいことはなんにも言わず、この2つだけ。

姿勢がいいと、本当にそれだけできれいに見えるんです。見てくれ度3割増し、そのうえ、気持ちもしゃっきりして前向きになる。内臓も楽なので病気にもならない。お金のかからない美容法ですよね。

父は若い頃、昭和天皇の近衛兵でした。歩き方がとてもきれいで、「エリザベス女王の旦那さまに似ている」と友人たちがうわさしていました。近衛兵って、姿勢がよくて歩き方がきれいでないとなれないそう。猛吹雪の中、昭和天皇が風も雪もまるでないかのように、きちんと座っていらっしゃったことに、父は静かに感銘を受けていました。天皇の帝王学を間近で見て、我慢強さを学んだそうです。父の穏やかだけれど芯のある強さは、長年、仕事を通じて鍛えあげたものだったと思います。

中学の頃の私は、学校好きだっただけあって、勉強の成績もよかったの。8クラス中、総合で2番、女性では1番。でも、そんなときにも父は決して私をほめませんでした。

「大田区の学校で1番になったって、安心しちゃいけないよ。世の中は広い。東京の真ん中にはもっとできる人がいっぱいいるからね」

そう言われて、私も「そういうものなんだ」と素直に受けとめていました。妹も弟もいわゆる優等生で、卒業生総代を務めたりしましたが、父も母も別にほめたりしませんでした。

母に「○ちゃんは10番以内に入ったら、赤いオーバーを買ってもらうんだって」と言うと、「よそはよそ、うちはうち！」ときっぱり。

当時、これはわが家の流行語になりました。何か欲しいものがあるたびに、妹たちと顔を見合わせて「よそはよそ、うちはうち！」と。人さし指をたてて、母の真似をしたものです。

イラストレーションの仕事の依頼がぽつぽつと入り始めた新人時代のこと。編集者から、お手紙で依頼が来たりすると、父はすかさず

「〝先生〟なんて書かれて、いい気になっちゃいけないよ。編集の人が教えてくれるからこそ仕事ができるのだから、仕事を頼む人のほうが〝先生〟なんだよ」と。だから、編集者から仕事の件で電話があると、取り次ぐ際に父は、

「(編集の)T先生から電話だ」

と言って、編集者のことを〝先生〟って呼んでいました。

父が言っていた〝謙虚であれ〟とは、つまり、うぬぼれないこと。いい結果は一瞬喜んでからすぐに手放して、執着しないこと。執着せずに手放すからこそ、新しいものが入ってくる隙間ができる。深呼吸と同じです。

それに、謙虚な人を前にすると、人はなんでも教えてあげたくなるものでしょう? だから、いい情報がたくさん入ってくるんです。

プライドや自尊心は心の奥底にしまって。〝今日という日の新人〟みたいな気持ちでいられたら最高だと思います。

if it rains
We are all right!
SETSUKO TAMURA

Even

エピローグ

私には計画性がないし、片づけもとても苦手です。物がどんどん増えて、それが勝手に繁殖して、部屋がみるみるうちに物置部屋化していきます。

メモ帳に「人生が旅ならば、荷物はトランク1個におさまるはず」と書いたページを発見。自分が書いたのなら、守ってほしいものです。

丈夫な体に恵まれたこともあって、これまで後先を考えずに生きてきました。はっきり言って、本当に「あっ」という間でした。

人生って計画どおりにはいかないことが多いでしょう。だから、きっちりと計画を立てて、そのとおりに人生設計をするのも、「ケ・セラ・セラ、なるようになるさ」で生きていくのも、好みの問題だと思っています。どっちの道でも、自分らしいほうを選べばいいと思うの。

決めているのは2つだけ。死んだら献体に出してもらうっていうことと、膨大な日記帳をちゃんと処分すること。

献体は、松本かつぢ先生の奥さまがそうされていたから。「簡単なのよ」っておっしゃっていました。献体にすると遺体は戻ってこなくて、お骨になるのはずっと後になってからなんです。

でも、私はもちろん、戒名不要、葬式不要。しがらみがないのですから、最後はちょっとだけでも世の中のお役に立つようにして、さっぱりとこの世を去りたいと思っています。

最近、人がかしずいてなんでもやってくれるすてきな老人ホームで暮らすか、今住んでいる原宿のマンションを有り金をはたいてリフォームするか、二者択一、どちらにするかを考えました。

あまり迷わず、すぐに結論が出て、今の住まいをリフォームすることを決めました。とりあえず、ですけどね。

お友だちのNさんも、どんなに古くても、亡くなった夫の荷物もあるし、住み慣れた自分の家がいい、っておっしゃっていましたね。Nさんは老人ホームも下見に行かれたのだけれど、なんだか違和感があって、住まいとしてそこで暮らすことは考えられなかったそうです。今のところ。

一人暮らしを続けるにあたって、栄養バランスのとれたお弁当を頼んだり、〝きざみ〟っていう、食べやすいように加工した料理を頼んだり、いろいろなことにチャレンジしたそうなんだけど、わかったのは、「自分で作らない料理はあまりおいしくない？」ということ。やっぱり個性が違うのかしら。

そうして今は、週に3回、ヘルパーさんに来てもらってお買い物を頼んで、長年馴染んだ自分の味覚で作った常備菜を召し上がるようにしているそうです。

栄養士さんが作った献立と比べたら、ちょっとバランスは悪いかもしれないけれど、時にはアイスだって食べたいじゃない？　その気持ち、すごくわかるなあと思いました。

基本的に、どんなときでも、ピリピリした緊張感を持たずに生きていけたら、と思っています。誰かが「イマジネーション、リラクゼーション、これっきゃいらない、歌には」なんて言っていたけれど、それを聞いて私、「それって人生そのものじゃない！」と思って、目を輝かせました。

老後は、リラックスして、楽しいイメージを持って暮らせばいいですね。すてきなイメージをふくらませて……。

だから、最低限の身じまいだけはぼんやり考えているけれど、この先のことは何も決めていません。心配ばかりしていても、それで未来が明るくなるわけじゃないんですもの。

それに、死んだらゆっくり眠れるのだから、ロッキングチェアかハンモックに揺られてゆっくり本を読みたいです。いろいろなパーティーにもふんわり自由に飛んでいき、すてきな人を見つけたら、ご紹介もなしに近づいて話しかけるの。耳元で、「すてきな方……」とささやいてみようかしら――。

ポケット大きめ
室内でも運動靴

<おばあさんのひとりごと>
♡楽しもうとかたく 決心すれば いつでも 楽しくなれる 性格なんです
アン・シャーリー
♡C'est la vie
これが人生ですが それがなにか？
5。
から
から
護はつらいこと、と めてしまうのはじつに 勿体ないです。
と工夫と、ユーモアと り、つらいこと(?)が る ゆたかな贈り物 っぱい!!
と、心もからだも も丈夫になって しまいました!!

♡絵日記を描きましょう
目玉にエンピツがついてるような気持で
世間をながめて
らくがきを楽しみましょう
たいくつするヒマがありません

♡「困ったときは
脳がよろこぶ」
と、脳学者先生。
まあ、
うれしいお言葉!!

♡女のひとが
Smileを
忘れると
お家も 世の中も
くもりが
まず笑顔。笑うか
楽しくなるので楽しい
笑うのではない

「負けても楽しそうな
人には
勝てない」
♡なにかの
コマーシャルですが
わたしの
大のお気に入りの
言葉です

♡かんぺきを求めずに
何ごとも
大らかに
受けとめるように
しましたら
肩コリが
なおり
ました

♡家事の中に
すべてがあります!
「おうちジム」ですね。
水仕事
お料理
おそうじetc
美容と健康にgoodな
ものばかり。
ヒトにやらせては
ソンします

♡介
決
発明
ぬくも
くれ
がい
気づ
とで

著者　**田村セツコ**

イラストレーター、エッセイスト。

1938年、東京生まれ。高校卒業後、銀行勤務を経て、人気童画家・松本かつぢ氏の紹介でイラストレーターの道へ。
1960年代には『りぼん』『なかよし』『マーガレット』『少女クラブ』の表紙や、「おしゃれページ」で活躍。1970年代には、文具や便箋、小物など「セツコグッズ」で一世を風靡する。1980年以降は、ポプラ社の名作童話に挿絵を描き、『おちゃめなふたご』シリーズが大人気に。
詩作やエッセイも多く手がけ、『おちゃめな老後』（WAVE 出版）、『おちゃめな生活』（河出書房新社）、『カワイイおばあさんのひらめきノート』（洋泉社）、『おしゃれなおばあさんになる本』（興陽館）など、著書多数。

現在は、個展、講演などの活動の傍ら、サンリオの「いちご新聞」では、1975年の創刊以来イラスト＆エッセイを連載中。池袋コミュニティ・カレッジでは「絵日記を描いてハッピーに」をテーマに講師を務めている。

装丁デザイン　西垂水敦（krran）
本文デザイン・DTP　Sun Fuerza
執筆協力　川口恵子
撮影協力　岩島富士江、ECO FARM CAFE 632
校正　吉田智子
編集　稲垣ひろみ（WAVE出版）

田村セツコの私らしく生きるコツ
楽しくないのは自分のセイ

2025年 3 月27日　第 1 版第 1 刷発行

発行所　株式会社 WAVE 出版
〒136-0082 東京都江東区新木場1-18-11
MAIL　info@wave-publishers.co.jp
https://www.wave-publishers.co.jp/

印刷・製本　ベクトル印刷株式会社

©Setsuko Tamura 2025 Printed in Japan
落丁・乱丁本は送料小社負担にてお取り替えいたします。
本書の無断複写・複製・転載を禁じます。
NDC924 232p 19cm
ISBN978-4-86621-511-2